新潮文庫

大黒屋光太夫

上巻

吉村　昭著

新潮社版

7705

上巻／目次

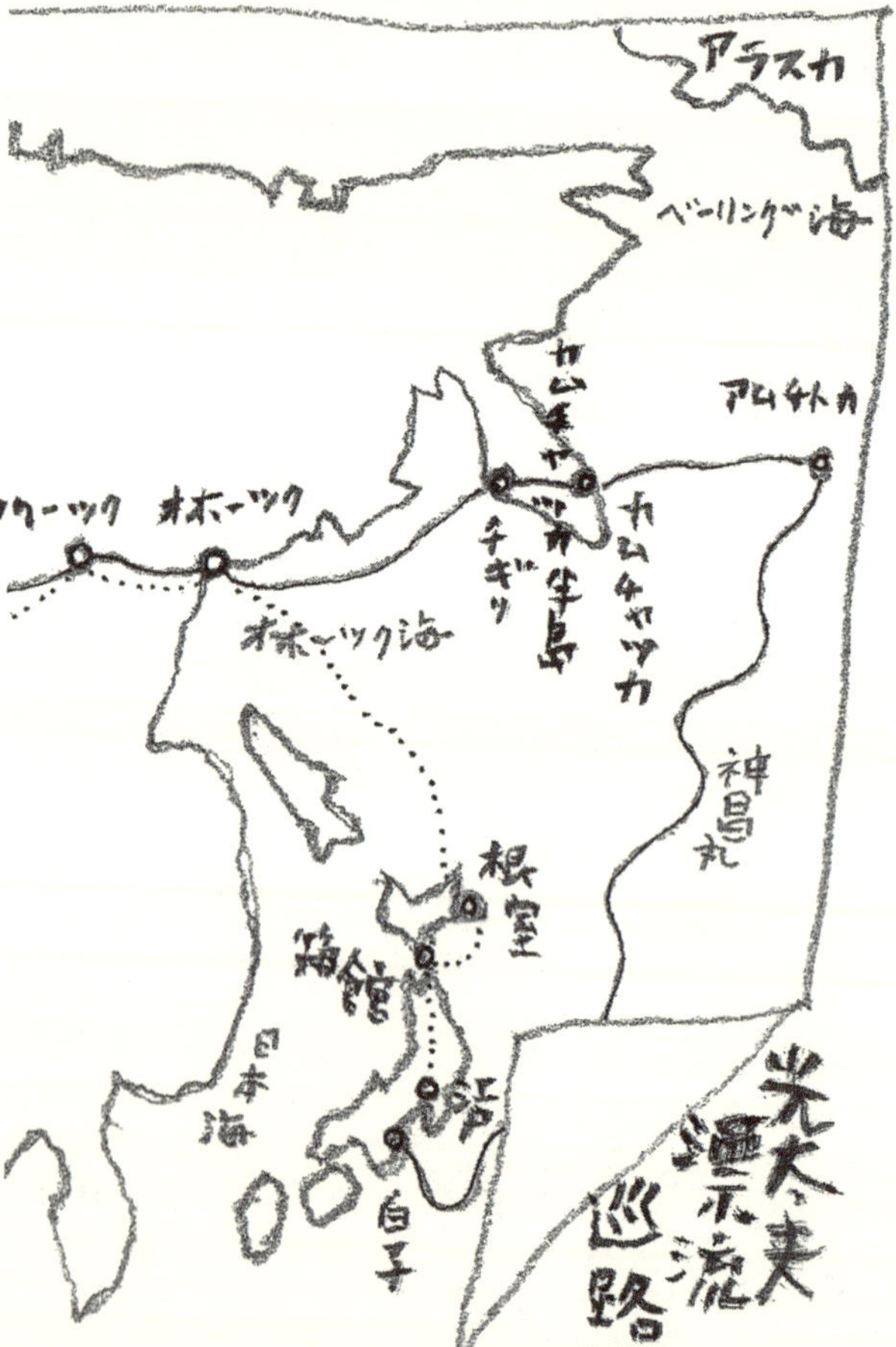
アラスカ
ベーリング海
カムチャツカ半島
アムチトカ
ヤクーツク
オホーツク
チギリ
カムチャツカ
オホーツク海
神昌丸
根室
箱館
日本海
江戸
白子
光太夫漂流巡路図

フィンランド
シベリア
ペテルブルグ
ツワルスコエ・セロ
モスクワ
ニジノゴロド
カザン
エカテリンボルグ
トボリスク
イルクーツク
ブキン
バイカル
往路
帰路

地図　村上　豊

大黒屋光太夫

上巻

白《しろ》子《こ》浦《うら》

羽織、袴《はかま》をつけた光太夫《こうだゆう》は、伊勢《いせ》国白子浦（三重県鈴鹿《すずか》市白子町）の砂浜に立って海に眼をむけていた。

砂浜は北にむかって長くのび、松の林が砂浜とともに遠くつづいている。文字通りの白砂青松で、これほど美しい海浜を他の地で眼にしたことはなく、この地を故郷としているのを誇りに思っている。

白子浦は、堀切川の河口にある港で、海との間に細長い砂洲《さす》があって入江を形づくっている。当然のことながら水深は浅く、廻船は、入江に入ることはできず、砂洲の外の海に碇泊《ていはく》しなければならない。

港の機能としては好ましくないが、それにもかかわらず海には多くの廻船が碇《いかり》をおろしていて、その中には光太夫が沖船頭（船長）をつとめる一見《いちみ》諫《かん》右衛《え》門《もん》の持船である千石積みの「神昌丸《しんしょうまる》」もうかんでいる。

伊勢街道ぞいの白子浦は、地理的条件から伊勢湾屈指の港町として古くから栄え、本能寺の変の折に徳川家康《とくがわいえやす》があやうく海にのがれた地としても知られている。

天正十年（一五八二）六月二日、天下を制していた織田信長《おだのぶなが》は、謀叛《むほん》を起した明智《あけち》光秀《みつひで》の軍勢に襲われて京の本能寺で自刃《じじん》した。

信長の命で安土《あづち》に行っていた家康は、側近の者とともに帰途について堺《さかい》をはなれたところでその変事を知り、顔色を失った。このまま京に急いで焼尽したという本能寺の焼跡で追腹を切ることも考えたが、支配地の三河にもどって対策をねるべきだと思い直した。

しかし、帰国するにも従う者はわずか三十余名で、信長の重臣であったかれは落武者の立場にあって、逃避行は危険きわまりないものであった。

一行は道を急いで信楽《しがらき》から加太《かぶと》越えをしたが、その地で待ちかまえていた多くの郷民に襲われ、辛うじてそれを突破して難をのがれた。ややおくれて家康一行と別行動をとっていた穴山梅雪《あなやまばいせつ》は、郷民に惨殺《ざんさつ》された。

家康一行は、伊賀者《いがもの》の巧みな案内で白子浦にたどりつき、廻船業者に渡海を依頼した。業者は快諾して船を出し、家康は海をわたって三河国大浜に上陸して無事に岡崎に帰城した。

その後、天下を平定した家康は、その業者に全国の湊《みなと》への自由入港を許すなどして褒賞《ほうしよう》した。そうしたことから白子浦は、幕府から特別な港として目をかけられ、それが一層の繁栄をもたらした。

家康の十男頼宣《よりのぶ》は紀州に入国し、幕府と特別な関係のある白子浦を藩領にくみ入れた。紀州藩は幕府御三家の一つとしての権勢をそなえ、白子浦は藩米の積出し港に指定されて、藩を後ろ楯《だて》にした港町となった。さらに江戸に大店《おおだな》を持つ伊勢商人たちの商品積出し港ともなって、白子浦は急速な発展をとげた。

伊勢商人は、豊富な資金によって松坂周辺から三河にかけて産する木綿を大々的に集めて、白子浦から江戸に積み出す。それらの商品をあつかう伊勢店《だな》と称する豪壮なかまえの問屋が、江戸の日本橋大伝馬町《おおでんまちよう》を中心に軒をならべ、錦絵《にしきえ》に描かれるほどの壮観さであった。白子浦の廻船業者たちも木綿の売買を手がけて江戸に問屋をもうける者が多く、その扱い量は大きく豊かな財力をそなえていた。

また、白子浦では綿布を染色する折に用いる型紙の生産が発達し、白子型紙として全国に知られていた。上質の和紙に渋をひいたものに職人が精緻《せいち》な紋様をほり、その高度な技術は驚嘆の的となっていた。

それらの型紙も江戸に送られて江戸小紋の流行をうながし、行商する者たちは、他の地にも販売網を積極的にひろげていった。かれらには紀州藩から通行切手があたえられ、荷物は武家荷物と同じように関所その他の通過も自由で、そのような特権もあって白子の型紙が全国の市場を独占するまでになった。「伊勢参宮名所図会《ずえ》」には、白子浦は人家一千軒の繁栄している地と記されている。

白子浦に碇泊している光太夫が沖船頭をする「神昌丸」にも、紀州藩の藩米とともに伊勢商人から江戸への搬送を託された多量の木綿がのせられている。「神昌丸」は船齢が若く、碇泊している廻船の中でもひときわたくましく見えていた。

砂地を踏んでくる足音が背後でし、振りむくと「神昌丸」の水主《かこ》磯吉《いそきち》が近寄ってきて、

「若宮様への参拝の仕度がととのいました」

と、言った。

光太夫はうなずくと、その場をはなれた。

磯吉とともに松林の中の道をたどってゆくと、前方に一見諌右衛門の廻船問屋の建物が見え、かれは玄関の前に立った。そこには白髪の船親父《ふなおやじ》の三五郎をはじめ「神昌丸」乗組の者たちが集まっていて、光太夫に頭をさげた。いずれも参拝にふさわしい着物を身につけていた。

玄関から羽織袴の正装をした諫右衛門が、手代を従えて出て来て、光太夫は水主たちとともに頭をさげた。

手代の指示で、玄関に置かれた神社へ寄進する米俵を若い水主がかつぎ、諫右衛門が歩き出し、光太夫たちはその後に従った。

海岸ぞいの松のはえた道を進むと、左手前方に大きな鳥居が見えてきた。若宮八幡《はちまん》宮《ぐう》で、醍醐《だいご》天皇が伊勢神宮の北西を守護するために祭神をおさめたもので、白子浦の氏神であり、航海の安全をはかる守護神ともなっている。

境内にも松が薄暗いほど多くはえていて、鳥居をくぐって進むと、社殿の前に神主が待っていた。

神主にみちびかれて光太夫たちが諫右衛門の後から履物をぬいで社殿に入り、米俵を運んできた水主がそれを神前に供えた。

船乗りたちは横二列にならび、光太夫は諫右衛門と前に立った。壁には廻船問屋が寄進した多くの絵馬がかかげられ、その中には諫右衛門が江戸の絵師に描かせた「神昌丸」の絵馬もあった。

神主のおはらいを受けた光太夫は、「神昌丸」の航海安全を祈願する神主の祝詞《のりと》をききながら、身のひきしまるのを感じていた。

白子浦の廻船問屋の持つ船は四十艘《そう》にも達し、主として江戸との間を往復している。海難事故は船主に甚大《じんだい》な損害をあたえるので、船は船齢の若いものにかぎられ、「神昌丸」も新造されて間もない。しかし、船は人間があやつるもので、白子浦の廻船問屋では船乗りについてのきびしい規則を定めていて、勤勉であり誠実な者のみを採用していた。それでも海は思わぬ気象の変化で一転して魔の海となり、光太夫も船が激浪にもてあそばれて身の危険を感じたこともある。

船の積荷を守り乗組の者の命を守るのは沖船頭の役目であり、祝詞の一語一語に責任の重さをあらためて感じた。

祝詞が終り、光太夫が諌右衛門とともに玉串《たまぐし》を神前にささげ、拍手《かしわで》を打って頭を深くさげ、船乗りたちもそれにならった。

ついで神主が御神酒《おみき》を供えて諌右衛門に「神昌丸」の船内に祭る御札をわたし、光太夫はそれを押しいただいてあらためて拝礼した。

「航海の御無事を祈っております」

神主は、神妙な表情で言った。

社殿を出た光太夫は、諌右衛門とならんで歩きながら、予定通りこれから船に乗ることをつたえた。廻船問屋附属の二階建の宿泊所に寝泊りして当直の者を「神昌丸」

に詰めさせていたが、荷の積込みもほとんど終り、全員が船に移る時がやってきた。

「そうしてくれ」

諫右衛門は、うなずいた。

すでに船親父の三五郎との打合わせもすんでいたので、宿泊所にもどると、船乗りたちは、三五郎の指示でそれぞれ手荷物をかかえて宿泊所を出てゆく。光太夫の手荷物も水主によってかつぎ出されたが、その中には日用品以外に漢字の意味用法を記した辞書の節用集と浄瑠璃《じょうるり》本十冊ほどが入っていた。

かれは、三五郎とともに諫右衛門のもとに行き、座敷で通行切手と積荷の種類、数量を記した書類等を受取った。

積荷の主たるものは、紀州藩が江戸藩邸に送る五百石の米で、その監視と取扱いのため上乗《うわの》りとして、藩から指名された紀伊国徳田村の作次郎という百姓が同行することになっていて、すでに諫右衛門の家についていた。

そのほかの積荷は、木綿、菜種、美濃紙《みのがみ》、瓦《かわら》、膳椀《ぜんわん》と、彦根《ひこね》藩から江戸藩邸で使用する畳表の運搬も託されていた。

すでにそれらの荷は、諫右衛門の手代の照合を受けて、艀《はしけ》で「神昌丸」に積込まれていた。

諫右衛門の前をさがって玄関に行くと、手代が幟《のぼり》と大提灯《おおぢょうちん》の入った箱を敷台に置いて待っていた。幟には紀州御用と太い字で書かれ、提灯にも同様の文字が記されて朱の丸も描かれている。それは藩米を積んでいる船であることをしめすもので、江戸湾口の浦賀番所で船改めを受ける折も優先的に通過が許される。

三五郎が水主を呼びに行き、水主の一人が幟を、他の者が提灯箱をかついだ。

三五郎は陸に残り、光太夫はそれらの水主と船着場に行った。

「神昌丸」からのもどりの艀が近づいてきて、船着場についた。光太夫が水主たちと艀に乗ると、艀はすぐに船着場をはなれた。

艀は櫓《ろ》扱いで長い砂洲にそって入江を進み、海に出た。波はおだやかで、艀は「神昌丸」にむかい、接舷《せつげん》した。

光太夫は、通行切手をはじめとした書類を船内におさめ、若宮八幡宮から拝受した御札を伊勢大神宮の御札とならべて神棚に供え、船上に出て舳先《へさき》の近くに立った。

荷は整然と積まれていて、乗組の者の食料である賄米《まかないまい》をはじめ野菜類や樽《たる》に入った味噌《みそ》、醤油《しょうゆ》、飲料水などをのせた艀が、船着場から「神昌丸」に運ぶことを繰返している。船上にいる水主たちは、帆布の点検をしたり清掃をしたりしていた。

光太夫は、乗組の者の名を記した書面を反芻《はんすう》した。船親父三五郎、それは沖船頭光太夫につぐ水主頭で、豊かな経験と知識で操船を担当し、光太夫は頼りにしている。最年長で六十五歳であった。ついで事務長というべき荷物賄方《まかないかた》の小市、航海術補佐の船表《ふなおもて》賄方の次郎兵衛。水主は三五郎の悴《せがれ》磯吉をはじめ安五郎、清七、長次郎、藤助、勘太郎、九右衛門、幾八、藤蔵、庄蔵、新蔵、それに炊事と雑用をつとめる炊《かしき》の十五歳の与惣松《よそまつ》。

光太夫をふくめて船乗りは十六名で、それに紀州藩米の運搬責任者である上乗りの作次郎が同行する。

船乗りたちはいずれも勤勉で、三五郎の指示のもとに忠実に動く。総指揮の光太夫は、かれらを信頼し、頼もしく思っていた。

小市が柄杓《ひしやく》を手に近づいてくると、光太夫に渡した。酒の香がして、かれは口にふくんだ。

船には諫右衛門から贈られた酒樽が多く積まれ、途中寄港したり江戸についた時は酒を酌《く》み合う。酔わぬ程度に飲むのが「神昌丸」の仕来《しきた》りで、乗船した日の夜も酒を振舞う。

光太夫がまず味見をするのが習いになっていて、柄杓を小市に返したかれは、

「いい酒だ」

と、おだやかな眼をして言った。

船着場から艀がはなれて、「神昌丸」にむかって進んでくる。手代と上質の羽織を着た肥えた男が乗っている。その身なりから上乗りの作次郎にちがいなかった。

艀が船べりにつき、男が手代の後について船上にあがってきた。光太夫に近寄った手代が、男を上乗りの作次郎だと紹介した。男はいんぎんに挨拶《あいさつ》し、頭をさげた。いかにも村の重だった百姓らしい男であった。

光太夫は、あらためて木肌の新しい堅牢《けんろう》な船を見まわし、沖船頭になっていることを不思議に思った。

かれは宝暦元年（一七五一）、白子浦に隣接する亀山《かめやま》藩領若松村の廻船の船宿兼回漕《かいそう》業を営む亀屋本家四郎治の次男として生れ、兵蔵と名づけられた。兄は次兵衛で、国、いのという二人の姉がいた。

兵蔵が八歳の折に父が病死し、かれも次兵衛も年少であったので、長姉の国に婿《むこ》養子を迎えて亀屋本家をつがせた。そのため兵蔵は、後に分家の亀屋四郎兵衛の養子となり、四郎兵衛の名をついだ。

養家《ようか》は木綿商いにも手をつけていたので、かれは修業のため江戸小網町の木綿問屋に奉公し、商売のこつをおぼえることにつとめた。

かれは、幼い頃から寺子屋へ熱心にかよって読み書き算盤《そろばん》に習熟し、知識欲が旺盛《おうせい》であったので節用集によって漢字の用法をまなび、物語本を好んで読んだ。江戸で奉公している間に浄瑠璃に魅せられるようになり、芝居小屋にしばしば足をむけるとともに浄瑠璃本も入手して、それを飽きずに読むことを繰返した。「神昌丸」に運び入れた手荷物の中に多くの浄瑠璃本が入っていたのは、その頃からの趣味であったのだ。

問屋での修業を終えた後、四郎兵衛は故郷にもどって木綿の取引にはげみ、江戸へむかう廻船に木綿類をのせて江戸におもむき、販売することにつとめた。

度重なる江戸への往復で、自然に四郎兵衛は船になじみ、その折々に機に応じて船をあやつる航海術に強い興味をいだき、それを紙に書きとめ、またすすんで船乗りたちの仕事を手伝った。

二十代後半になった頃、白子廻船の沖船頭職を世襲する大黒屋の婿養子となっていた実父の弟光太夫が死去し、大黒屋から四郎兵衛を養子として迎え入れたいという話が持ち上った。

ようやく分家の亀屋になじんでいたかれは、再び養子になることに気持が動かなかった。しかし、血の濃い縁者である叔父の死に親戚《しんせき》の者たちは大黒屋に入ることをこぞってすすめ、それに抗することもできず大黒屋の養子となり、光太夫の名をついだ。

それは、沖船頭をつとめることでもあった。

大黒屋の当主となった光太夫に、廻船問屋の一見諫右衛門から、持船の沖船頭をつとめて欲しいという話が寄せられた。諫右衛門は、廻船業のかたわら江戸本船町で木綿問屋も営んでいて、光太夫の兄次兵衛がその店の番頭格として勤めていたことから、光太夫が指名されたのである。

沖船頭は、積荷を運送する関係で読み書き算盤に長じていることがもとめられ、光太夫がひんぱんに江戸との間を往復するうちに、船の知識も十分に心得ているのを諫右衛門は聞き知っていたのだ。

光太夫は、ためらいながらも沖船頭の役目を引受けた。

養家である大黒屋は代々沖船頭をつとめていて、養子に入ったからにはいずれはその任につかねばならない。それに、数知れず白子浦江戸間の航海にあたっている三五郎が船親父の任についてくれることに、臆《おく》する気持は失《う》せた。三五郎は同じ若松村の出身で、少年時代からよく知っていて、かれを頼りにすればよいのだ、と思った。

船に乗り組んだ光太夫は、航海中、三五郎の意見に従順に従い、その操船術と水主たちを掌握する仕方を吸収することにつとめた。そうした光太夫に三五郎は好感をいだき、二人の間には実の親子のような情がかよっていた。

それから四年、光太夫は経験と知識を得て、三十二歳になった現在では沖船頭らしい風格もそなえている。自信も得ていたが、それでも三五郎に対する敬意は失わず、そうした二人の関係を水主たちは好ましいものとして眺め、船内の結束はかたかった。

空は青く澄み、陸の方向からかすかに渡ってくる風は冷たかった。

かれは、艀で運ばれてきた生活必需品が船内にとり込まれるのを眺めていた。船着場との間の艀の往来はつづいている。

日がかたむき、空が茜色《あかねいろ》に染まった。海はおだやかで、魚が群れているらしく沖の方向の海面に海鳥がみだれ飛んでいるのが見えた。

白子の町は夕照を浴び、家々から紫色の炊煙が立ちのぼっている。日用品の積込みもすべて終って、陸に残っていた三五郎と水主たちが艀に乗ってやってきて船にあがった。それで乗組の者すべてが船に乗ったことになった。

船内で、賑《にぎ》やかな夕食がはじまった。

水主たちが車座になり、炊の与惣松が大きな飯櫃《めしびつ》のかたわらについて丼《どんぶり》に飯を盛ってつぎつぎに渡し、副食物の入った小鉢をくばる。上乗りの作次郎は、少しはなれた所で箱膳を前にし箸《はし》をとっていた。部屋の隅に酒樽が置かれ、柄杓で茶椀に酒をそそぎ入れる者もいた。

半刻《はんとき》ほどして食事を終え、酒を飲んでいた者も茶椀を置く者が多かった。飲酒は自由であったが、酔うまで飲むことは禁じられていた。

光太夫は、三五郎、次郎兵衛とともに船上に出ると舳先の近くに立った。

かれらは無言で欠けた月の出ている空を見上げたり、月光にわずかに明るむ海を見つめたりしている。出船するのに特に支障のある状態ではなく、明朝出帆するのを三五郎も考えているにちがいなかった。

「風は弱いままだと思うが、順風であることはまちがいない。ひとまず明日の朝、鳥《と》羽浦《ばうら》にむかおう。そこで風待ちをし日和《ひより》をうかがい、遠州灘《なだ》に乗り出そう」

三五郎の言葉に、光太夫はうなずいた。江戸にむかう時に鳥羽浦に船を寄せるのは、ほとんど習いとなっていた。

光太夫は寒さを感じ、三五郎たちと船内にもどった。

翌日、朝食を終えた水主《かこ》たちは、三五郎から出帆を告げられ、素早く身仕度をととのえてそれぞれの持場に散った。

光太夫は、手荷物の中から取り出した脇差《わきざし》を腰におび、三五郎とともに船上に出ると舳先の近くに立った。

「出船する。碇《いかり》を抜け」

かれは、大きな声で言った。

その声に水主たちは、一番碇についで二番碇の綱をあげ、碇の爪《つめ》が海底からはなれたらしく船がゆらいだ。

「帆をあげろ」

光太夫の声に、大きな帆がゆっくりとあがってゆき、帆布がかすかにふくらんだ。

帆には、白子浦の船であることをしめす丸に白の印が描かれていた。

船がわずかに動き出し、三五郎の指示で、船尾に近く紀州御用と書かれた幟が立てられた。

風向は好ましかったが微風で、船はゆるい速度で南へ動いてゆく。空は晴れていた。

光太夫は、矢立の筆を手にして帳面に、「天明二年（一七八二）十二月十三日巳《み》の刻（午前十時）白子浦解纜《かいらん》」と、書きとめた。

右手に緑濃い松林のつらなる砂浜がつづき、家並の後方に紀州家の御殿と代官所の大きな屋根が見える。船脚はおそかったが、やがて白子浦は後方に去り、船は海岸にそって南下した。

これから寄港する鳥羽浦は、特殊な性格をもつ港であった。

日本で最も商業のさかんな大坂には、米、酒をはじめとした各種の商品があつめられ、それらが大消費地である江戸に送られる。そのため大坂、または兵庫（神戸）から、多くの廻船が荷を積んで出船する。船は、潮の岬、熊野灘《くまのなだ》の難所をへて大王崎をかわし、鳥羽浦にすべりこむ。それから伊豆《いず》の下田めざして遠州灘を一気に突っ切るが、その直進航海も気象の急変による危険をはらみ、廻船は鳥羽浦で天候をうかがい、風向をさぐってそれから遠州灘に進み出てゆく。

白子浦をはじめとした伊勢湾ぞいの港から出た廻船も、ひとまず鳥羽浦に入津《にゆうしん》して出船の機会をうかがう。鳥羽浦の背後には気象状況をさぐるのに適した小高い日和山《ひよりやま》があって、頂上から遠州灘が一望のもとに見渡せる。光太夫も船を鳥羽浦に寄港させるたびに、必ず三五郎と日和山に登って日和（気象）をさぐる。頂上には方角をきざんだ方位石も置かれていて、風向を知ることもできた。

鳥羽浦は、子を抱く母のような安息にみちた港で、船乗りたちの憩《いこ》いの場でもあった。出船すれば死の危険に遭遇する恐れがあるだけに、船乗りたちは享楽《きようらく》をもとめる。多くの廻船が寄港する鳥羽浦は、それに十分にこたえる性格をもっていて、船宿が三十軒もあり、それぞれに女をかかえ、酒席の準備もととのえている。

夕方になると、廻船からは多くの艀がおろされ、それに乗った船乗りたちが上陸して灯の入った船宿に入る。女たちが船乗りたちを迎え、三味線、太鼓の音が賑やかに起る。船乗りたちははしゃいで酒を飲み、気に入った遊女に誘われて部屋に入り、その体を抱いて一夜を過す。

賑わうのは海岸ぞいの船宿だけではなく、港内にもしきりに提灯の灯が往《ゆ》き交う。船宿にはハシリガネと称する遊女たちがいて、小越《こごし》と言われる男が漕《こ》ぐ小舟に乗って、碇泊《ていはく》した廻船の間を縫うようにまわる。

舟を廻船に近寄せた小越は、

「売ろうえい、売ろうえい」

と、声をかける。

それに応じた船があると、着飾った女たちが船に送り込まれ、女たちは一夜三匁《もんめ》の金《かね》で春を売る。

しかし、夜間に紀州御用と記した大提灯《おおぢょうちん》をかかげた「神昌丸」に近づく小舟はない。白子浦の廻船は、紀州藩の庇護《ひご》をうけているだけに乗組の者に対する規制はきびしく、途中、港に寄港しても、「船頭、水主元船《もとぶね》を離れて上陸、堅く無用たる可《べ》き事」と上陸をきびしく禁ずる規則が定められている。乗組の者が女、酒によって不祥事を起すことのないようにという配慮からであった。

ハシリガネを夜、船に引き入れることも、紀州藩御用という提灯をかかげているだけに許されぬことで、光太夫はそれを当然のことと考え、水主たちも不満をいだく者はない。夜、船宿から弦歌の音が賑やかに流れ、近くの船からも嬌声《きょうせい》や男の笑い声がきこえる中で、水主たちは静かに酒を飲み、そうそうに身を横たえる者が多かった。

その鳥羽浦が近づき、港口が見えてきた。いつもは三、四日滞留し、時には半月近くとどまることもある。

船が港口に達し、舳先《へさき》をまわして港の中に入っていった。

港内に眼をむけた光太夫は、意外に思った。常に二、三十艘《そう》の大小の廻船が碇泊しているのに、数艘しか見えない。光太夫は、いぶかしみながらも帆をおろさせ、碇を投げさせた。

三五郎が近づき、港内を見渡すと、

「ほとんどが出船したらしい」

と、つぶやくように言った。

しばらくすると、岸から小舟が近づいてきた。舟には船宿を経営する浦役人が乗っていた。

船べりに舟をつけた役人が、

「日和、風待ちをしていた江戸行きの船は、いずれもよいというので揃《そろ》って出船した。

どうなさるね」

と、言った。

浦役人の言葉で、光太夫は港に廻船がほとんど見えぬ事情を納得した。

小舟は、岸にもどっていった。

光太夫は、三五郎と言葉を交した。日和見、風待ちをして鳥羽浦にとどまっていた廻船の船頭は、若い頃から数知れず航海をしてきた老練な者たちで、知識と経験から冷静に的確な判断をくだし、船を出す。江戸にむかう廻船すべてが鳥羽浦をつぎつぎにはなれて遠州灘に乗り出していったのは、その方向の気象条件が良好であると予想したことをしめしている。

「出船しましょう」

光太夫の言葉に、三五郎は即座に同意した。

ただちに出帆することになり、水主たちは船上に散った。脇差を腰におびた光太夫の指示で、碇が巻き上げられ、帆が徐々にあげられた。

船は港口にむかって動き出し、外洋に出ると、舳先を東に正しくむけた。風は西から吹いてきていて、鳥羽浦をはなれた「神昌丸」の帆は、生き物のようにふくれあがり、船の速度は増した。船の動揺は少く、すべるように進んでゆく。水主たちの眼は輝やき、船の快走を楽しんでいるようにみえた。

これより船は遠州灘を突っ切り、伊豆の最南端の下田の沖をかわして相模《さがみ》灘を過ぎ、江戸湾口の浦賀で船改めを受けて江戸につく。かれは、立派なかまえの伊勢店《いせだな》のならぶ大伝馬町あたりの賑わいを思いえがいた。海上にはわずかに靄《もや》が立ちこめ、鳥羽浦のある陸岸も遠く後方に去って見えなくなった。

日没が近づいた頃、雲が厚く黒ずみはじめ、夜に入ると雨が落ちてきた。

「神昌丸」は東にむかって進んでいたが、西からの風が北西風にかわることもあって、そのうちに風の勢いが徐々に増し、それにつれて波のうねりもたかまってきた。船の動きが複雑になり、舳先で割れる波しぶきが船上にふりかかるようにもなった。

光太夫は、帆を半ば近くまでおろさせ、闇《やみ》の海上に眼をむけた。船の揺れが大きくなり、船べりを波がたたく。

かたわらに立つ三五郎は無言であったが、

「時化《しけ》になる」

と、つぶやくように言った。

雨が激しくなって音を立てて落ち、風も勢いを増して船が上下に揺れる。後部の居住区から眼をさましたらしい水主たちが、船上に出てきた。

光太夫は、時化になるという三五郎の言葉に不安をおぼえたが、それはまちがいないと思った。しかし、海が荒れるのを恐れていては船乗りになることなどできず、堅《けん》牢《ろう》な船の構造を信頼し、海を乗り切らねばならない。

風が異常であった。新たに吹きつけてきた北からの強風が北西風とからみ合い、帆がしきりに向きをかえながら羽ばたく。波もみだれて船上に降りそそぎ、船の動きが不安定になった。

光太夫は、三五郎の指示を受けて半ばあげていた帆を急いでおろさせた。はねるように揺れる船灯に、三五郎のかたくこわばった顔がうかびあがり、光太夫は身のひきしまるのを感じた。

突然、風がうなりをあげて強く吹きつけ、船体をふるわせた。闇の中からふくれあがった波がつらなって押し寄せ、それが船にのしかかってくる。船は上下左右に揺れ、光太夫は帆綱をつかんで辛うじて立っていた。江戸へは何度も往復しているが、これほど激しい暴風雨に遭遇したことは初めてであった。

海難事故に遭った船乗りからそのすさまじさを何度も耳にしたが、辛うじて死をまぬがれたのは沖船頭の沈着さによるものだ、とかれらはひとしく語った。三五郎はそのような危難を数知れず経験していて、かれを頼りに冷静さを失わず、船と積荷を、そして船乗りたちの命を守らねばならぬ、と思った。

かれは、さらに風が激しさを増し、波のうねりが異様なほどたかまってきているのを感じた。冷い風が刺すように痛く、波しぶきでずぶ濡《ぬ》れになった体が瘧《おこり》のようにふるえている。

船体が激浪にたたかれて大きくはねあがり、立っていることができなくなった三五郎が膝《ひざ》をつき、かれもそれにならった。船は波に高々と押しあげられ、次には波の底に落ちてゆく。今にも船体がくだけ散るような恐れを感じた。

ひときわ高い波浪がのしかかってきて船がのしあげられた時、突然、船尾の方で物が鋭く引き裂かれるすさまじい破壊音が起きた。光太夫は、その方向に視線をむけた。三五郎の口から悲痛な声がふき出し、水主たちの間から悲鳴が起った。

光太夫の眼に、くだけた舵《かじ》が船尾からはなれて海上を流れ去ってゆくのがかすかに映った。廻船の舵は、水深の浅い河口や港に船が入れるように引揚げ式になっているので、保持能力が乏しい。それに、廻船特有の舵の広い羽板は強烈な波を受けると裂ける恐れがある。それは廻船の弱点と言われ、光太夫は舵が波に持ち去られたのを知った。舵を失った船は、定められた方向に進むことができず、あてもなくさ迷うことになる。

「容易ではない、容易ではない」

かたわらにしゃがみこんだ三五郎の口から、うめくような声がもれた。物に動じることのない三五郎が常になく動揺していることに、光太夫は、背筋がかたく凍りつくのを意識した。経験豊かな三五郎が、船に大きな危険がのしかかっているのを感じていることはあきらかだった。

風波はさらに激しさを増し、波が音をとどろかせて船上を洗い、飛び越える波もある。船は絶え間なくきしみ音をあげ、波に大きく持ちあげられ、波間に落下する。水主たちがつぎつぎに這《は》ってきて、光太夫と三五郎のまわりに寄り集まりしがみついてきた。荒い息をし、波がのしかかってくる度に悲鳴をあげる。

かれらの間から、

「伊勢大神宮様、若宮八幡宮《はちまんぐう》様」

と繰返す声が起り、手を合わせている。

「船頭、髷《まげ》を切ろう」

三五郎が、光太夫の耳もとで叫んだ。

海が荒れ狂って船に覆没《ふくぼつ》の危険がせまった時には、髷を切って神仏の御加護を仰ぐ仕来《しきた》りがある。三五郎が髷を切れというのは、最悪の時がやってきたことをしめしている。

光太夫は、腰にさした脇差《わきざし》を引きぬき、自分の髷をつかんで根元に刃をあてると引き切った。濡れた髪が風に吹かれ散って、顔にへばりついた。

三五郎が手をのばし、光太夫は脇差を渡した。三五郎の白髪がひろがった。脇差が三五郎から水主《かこ》たちに渡され、他の水主の髷を切ってやる者もいる。

かれらの姿は無残であった。ざんばらになった髪が風になびき、顔一面をおおっている。その体に波がのしかかり、かれらはうずくまってふるえている。

「伊勢大神宮様、若宮八幡宮様」

と祈る声がさらにたかまり、光太夫もそれに和して手を合わせた。もどってきた脇差を鞘《さや》におさめた光太夫は、自分たちが全く無力で、神の加護を願う以外にないのを感じていた。

いつの間にか、あたりがかすかに明るくなりはじめていた。船灯《とも》は、はねるように揺れながらも不思議にも灯りつづけていたが、灯の光が淡くなっている。髪をみだした水主たちの顔も浮きあがってきて、光太夫は夜が明けてきたのを感じた。

片膝をついていた三五郎が、突然、

「淦《あか》だ、胴《どう》の間《ま》に行け」

と、叫んだ。胴の間とは船の中央部で、そこに淦、つまり浸水してきた海水がたまっているというのだ。

水主たちは三五郎の言葉に腰をあげかけたが、船の大きな揺れに立つことなどできず、這いながら胴の間に近づいてゆく。

光太夫は、かれらが桶《おけ》をつかんで海水をすくって海に捨て、中には水鉄砲に似たスッポンという道具で排水しはじめるのを見た。恐れおののいてうずくまっていたかれらが、必死になって体を動かしている姿に、光太夫は頼もしく思ったが、それは死をまぬがれようとしている恐怖感のあらわれであることも知っていた。

風はうなりをあげて走り、高々とせり上った波が後から後から押し寄せ、打ち込んでくる。太い帆柱が、当ってくる波を吹き散らしながら大きく傾き揺れているのが見えた。

胴の間に視線をむけていた三五郎が、光太夫を見据えると、

「船頭、荷を刎《は》ねよう」

と、甲高い声で言った。三五郎は、このままでは船がくつがえるのはまちがいないと考え、それを防ぐため積荷を海に投棄しようというのだ。

一瞬、船主の一見諫右衛門の顔が眼の前をよぎった。光太夫は、諫右衛門から江戸

への荷の輸送を託され、その荷を捨てるのは沖船頭の責務を放棄することになる。売りさばかれる。載せられた大量の木綿類は、諫右衛門の営む江戸の木綿問屋に運びこまれ、売りさばかれる。もしもそれを投棄すれば、莫大《ばくだい》な損失を諫右衛門にあたえ、経営基盤に亀《き》裂《れつ》を生じさせるかも知れない。

自分を信頼し荷の運送を託した諫右衛門に致命的な損害をあたえることは絶対に避けねばならない。しかし、船頭は水主たちの命を守ることが義務づけられ、それを第一義と考えるべきであった。かれらにはそれぞれに家族があり、それらの者を嘆き悲しませるようなことはしてはならない。三五郎が刎ねようとしている荷は、むろん紀州藩から搬送を命じられた米を除外していることはあきらかだった。それは藩米であり、自分たちの生命にもかえられぬ荷であった。

うなずいた光太夫は、半ば這いながら胴の間に近づくと、

「刎ね荷だ、荷を刎ねろ」

と、水主たちに叫んだ。

船の安定をはかるため重量のある米俵は下方に積まれていて、その上に木綿類や菜種の入った俵などが積み上げられている。排水につとめていた水主たちは、血走った眼を光太夫にむけた。刎ね荷という言葉に船が最悪の状態におちいっていることを知

ったおびえとともに、その行為が船を救うことにつながるというかすかな期待の色がかれらの顔にうかび出ていた。

　排水を中断した水主たちは、波に打たれてよろめきながら積荷に近づき、競い合うように荷をおおっている防水布を取りはらってゆく。その下から白い木綿類があらわれ、波が叩《たた》きつける。水主たちは、木綿類の荷を固定している縄をあわただしくほどき、小刀で荒々しく切る。

　荷がゆらぎ、それを水主たちはつかんで海に投げ捨てる。船べりにころがった荷を足で海に押し落す者もいる。それらの荷は、たちまち波間に消えてゆく。

　長い時間をかけて刎ね荷がおこなわれ、それが一段落して水主たちは、再び排水しようとして胴の間にもどった。しかし、かれらの疲労は大きく、腰を落して息をあえがせていた。

　刎ね荷は船を軽くし、風波に耐える力が増し、淦の度合も減少する。たしかに船は軽くなったようであったが、依然として風波で船体は激しい揺れをみせ、船体は絶えずきしみ音をあげている。波は雷鳴のような音を立ててのしかかり、帆柱は、振子のように傾いて揺れる。船が今にもくだけ散るような恐れにとらわれた。

　波に打たれながら光太夫は、船が危険にさらされた折の処置を思った。まず刎ね荷をし、それでも船がくつがえることが確実に予測される場合には、帆柱を切断する。帆柱は太く、かなりの重量がある。高く突き立っている帆柱は船体を不安定にしていて、事実、前後左右に絶え間なく傾き、柱の受ける風圧で船を横倒しにさせる恐れが多分にある。舵を失った船がさらに帆柱を倒してしまえば、航行は不可能になり、ただ海上にうかぶ浮游物《ふゆうぶつ》にすぎなくなる。しかし、船がくつがえってしまえばすべては終りとなり、水主たちの生命を救うのはそれ以外にない。

船が波の激突を受けつづけ、海面に近くまで大きく傾く帆柱を見つめた光太夫は、このままではまちがいなく覆没する、と思った。

光太夫は、かたわらの三五郎に鋭い眼をむけると、

「親父《おやじ》、帆柱を切ろう」

と、甲高い声で言った。三五郎が不承知でも切らねばならぬ、と思った。

蒼白《そうはく》な顔をした三五郎が、眼を光太夫にむけると、

「やむを得まい。切ろう」

と、答えた。

物につかまって立った三五郎が水主たちに近寄ってゆき、光太夫もよろめきながらその後についていった。

水主たちは再び排水をはじめていたが、三五郎が眼をいからせて、

「帆柱を切る」

と、ふりしぼるような声をかけると、かれらは一斉に三五郎の顔を見つめた。かれらの顔にくるべき時がきたというきびしい表情が、悲しげにうかんでいた。その作業は船の機能を完全に失わせる。

「斧《おの》を持ってこい」

三五郎の怒声に近い声に、無言で顔を伏していた水主が船内に入っていった。

三五郎がみだれた髪をかき上げ、手拭《てぬぐい》で鉢巻をした。

光太夫は、帆柱の下に立って見上げた。太い柱には波が音を立てて当り、それが強風で吹き散らされている。しかも柱は、鋭いきしみ音をあげてふるえながら大きく傾く。それは荒れ狂う海の中で、たけだけしく生きている海獣のように見えた。

二人の水主が、それぞれ斧を手にして船内から出てきた。三五郎が水主に、斧を帆柱にたたきこむ仕方を大きな声で指示した。水主は風上と風下に一人ずつ立ち、風下に立つ者は、風上の斧をたたきこむ個所より少し下に打ちこむ。或《あ》る程度斧の刃先が食いこめば、激しい風圧で柱は風下の方に倒れる。三五郎は、他の水主たちに柱で圧死させないため風上に身を置くように命じた。

ついで光太夫に、帆柱が倒れる時の船頭としての役目を告げた。帆柱の先端から船体に綱がはられているが、帆柱が切り倒される時、その綱を瞬時に切断しないと、柱が船内に倒れこんで船を破壊してしまう。三五郎が手をあげて合図した瞬間に、綱を断ち切るように、と言った。

三五郎の指示に従って、斧を手にした二人の水主が、波に打たれながら帆柱に近づき、風上と風下にまわった。三五郎が刃先を打ちこむ個所をそれぞれ指さし、水主が斧を振りあげて柱に打ちこんだ。かれらは、船の動揺でよろめき腰を落しながらも、斧を柱にたたきつける。斧を持つ男が交替し、木片が風に散った。

光太夫はふるえる綱を前にして脇差をかまえ、三五郎を見つめて合図を待った。激しい風波で揺れる船上での作業は困難をきわめた。それでも斧の食いこむ個所は次第に深まり、突然するどく切り裂かれる音が起って帆柱が傾いた。風圧で風下方向に倒れかかった。三五郎の手が勢いよくあげられ、光太夫は脇差の刃をひらめかせて素早く綱を断ち切った。帆柱は裂けて倒れ、船べりではずむと波の荒れ狂う海面に落ちた。

光太夫は抜身の脇差を手にしたまま、三五郎たちと太い帆柱が波に大きく上下しながら流れてゆくのを見つめていた。

なぜかわからぬが、不意に嗚咽《おえつ》が突きあげてくるのを意識した。堅牢《けんろう》で美しい「神昌丸」の象徴は、高々と立つ帆柱であった。しかし、それは消えてみにくい切断面のある杭《くい》のようなものしか残っていない。帆柱のない船は船ではなく、かれは「神昌丸」が消滅したのを強く感じた。

帆柱を切ったため、船の揺れがかなりの程度弱まった。光太夫は、荒天で船体を救うため帆柱を切るのは長年の船乗りたちの智恵《ちえ》なのだ、と思った。

水主たちは腰を落して頭をたれ、光太夫も足を投げ出して坐《すわ》っていた。前日、海が荒れてから食物を口にしていないが、空腹感はなく、体が麻痺《まひ》したように感覚が失われている。

三五郎が水主たちに淦《あか》を除去するように命じ、かれらは足をふらつかせながら胴の間に近づいていった。

空は相変らず黒い雲におおわれ、早い速度で走っている。光太夫の頭は空白になっていた。刎《は》ね荷が波間に消えていった情景が眼の前にうかんだが、荷主の一見諫右衛門に申訳ないという感情も湧《わ》いてこない。

水主の一人が排水の手をとめて海上を指さし、それに気づいて他の水主もその方向に眼をむけている。

光太夫も視線をむけ、体をかたくした。

北西の方向遠く、波のうねりに見えかくれしているものがある。眼をこらして見ると、帆柱のない船であった。鳥羽浦から風向、日和《ひより》が良いとして「神昌丸」より早く出船した船の一艘《そう》か。その船にも危険がせまり、おそらく荷を刎ねた後に帆柱を切り倒したのだろう。激浪にくつがえった船もあれば水船になった船もあって、多くの船乗りが死んだにちがいない。「神昌丸」は航行の自由を全く失ったが、船乗りたちが一人も波にさらわれることなく生きているのは幸いなのだ、と思った。

夕刻をむかえ、風の勢いがわずかにおとろえ、夜に入ると波のうねりも弱まってきた。

光太夫は、水主たちに寝るように命じ、自らも居住区に入ると身を横たえた。たちまち深い眠りの中に落ちていった。

翌早朝、眼をさましたかれは、船の揺れがかなりゆるやかになっているのを感じ、身を起した。

髪がざんばらであるのに気づき、紐《ひも》で後ろにたばね、居住区を出た。足がふらつき、倒れかかった。風はまだあったが、朝の陽光に輝やく海は波のうねりもおだやかだった。

三五郎につづいて、水主たちが船上に出てきた。ざんばら髪のままである者が多く、顔は青かった。舵《かじ》、帆柱は失われたが、潮に乗って流れているうちに他の船に発見され救出されるか、それとも陸岸に漂着するか。いずれにしても、水主たちの気力をとりもどさせる必要がある、と思った。

光太夫は、炊《かしき》の与惣松に飯を炊《た》くよう命じた。空腹感が突き上げていた。

与惣松は、はいと答え、手伝いの水主とともに後部にある烹炊所《ほうすいじょ》に入っていった。

「作次郎殿は？」

水主たちを見まわした三五郎が言った。

「寝たきりになっています」

水主の一人が答えた。

百姓の作次郎は、通常の航海でも船酔いにかかるにちがいなく、まして大時化《おおしけ》で木の葉のように翻弄《ほんろう》された船の中では、半死半生で身を横たえているのだろう。

うなずいた三五郎は、作次郎のいる居住区に入っていった。

やがてもどってきた三五郎に、光太夫は気づかわしげに近寄り、

「いかがでした」

と、たずねた。

三五郎は、

「無理もないことだが、まちがいなく死ぬと思ったと言っていた。もう少しこのまま休んでいたいと……」

と、言った。

三五郎は、作次郎に舵を失い帆柱を切り倒した船の現状を説明し、刎ね荷をしたことも告げたという。

「当然のことだが、荷を刎ねても御城米には少しも手をつけておりません、と言っておいた」

三五郎の言葉に、光太夫はうなずいた。

しばらくすると烹炊所から与惣松が、手伝いの水主《かこ》とともに平笊《ひらざる》に焼きおにぎりをのせて出てきた。与惣松は烹炊所との間を往復し、味噌《みそ》を入れた大鉢も持ってきた。

「食え」

三五郎が言うと、水主たちは笊のまわりに集まってにぎり飯をつかみ、頰張った。

光太夫も三五郎とにぎり飯を手にした。たえがたい空腹感で、かれは口を動かした。

驚くほどの美味で、指先で味噌をすくい口に入れた。味噌の香がかぐわしく、このようにすぐれた味のものであったのか、と思った。

水主たちは、無言でにぎり飯を口に運んでいる。与惣松が水桶《みずおけ》を持ってきて、かれらは柄杓《ひしゃく》で水をすくい飲んだ。

漂流

食事を終えた光太夫は、三五郎と並んで立って海上を見渡した。

陸岸は全く見えず、海上に船らしいものは眼にできない。波のうねりがあるだけだった。風は相変らず西風で、まだ風の強さは十分に残っていて、船がさらに東へ流されているのを感じた。

「風向が変れば、仮帆を立てて地方《じかた》(陸岸)の方へむかうことができる」

三五郎が、西の方向に視線を据えながらつぶやくように言った。白髪が顔にふりかかっている三五郎の眼の光は、鋭い。

幸い胴の間の淦《あか》はすべて除去され、波に打ちたたかれた船に浸水の気配はない。造られて間もない堅牢《けんろう》な「神昌丸《しんしょうまる》」は風波にもたえ、たとえ海が再び荒れても破壊されることはないだろう。風向が変れば、無事に地方に着岸できるにちがいない。

かれは、決して悲観的になってはならぬ、と思った。水主《かこ》たちは片づけ物をしたり、荷に縄をかけ直して緊縛することにつとめたりしていた。

夕刻になると、西風が強まり、波のうねりも高くなった。船は風に押されて流れてゆく。空には黒雲がひろがり、雲間から冴《さ》えた星の光がのぞいていた。光太夫は、水主たちと居住区に入り、就寝した。

翌朝は雲が切れ青空がひろがったが、相変らず西風が強く、波のうねりも大きかった。

ざんばら髪になっていた水主たちは、髪を後ろにたばね、手拭《てぬぐい》で頰かむりをしている者もいる。与惣松《よそまつ》の話では、上乗《うわの》りの作次郎は全く食物を受けつけなかったが、ようやく口にするようになったという。光太夫は、上乗りの役目を引受けた作次郎が気の毒でならなかった。

光太夫は、日誌にこれまでの経過を書きつづった。舵《かじ》が流失し帆柱を切らねばならなかった理由を書き、ことに刎《は》ね荷についてふれ、まことに申訳ない、と記した。破船を口実に荷をかすめ取る船頭がいるという話もあって、光太夫はやむを得なかった事情を書きとめた。むろん荷主の一見《いちみ》諫《かん》右衛《え》門《もん》が光太夫を疑うようなことはみじんもないのは知っていたが、船頭としてそれを明確に記しておく義務がある、と思ったのだ。

日がむなしく過ぎた。凪は常に西風で、強まるかと思うと全くの無風になり、海は凪《な》いだ。四方の海は輝やき、眼にふれるものはない。

光太夫は、水主たちがうつろな眼をしているのを感じ、かれらを集めた。

「望みを決して失ってはならぬ。舵を失い帆柱を切り倒しはしたが、船はあの大時化《おおしけ》にも十分に堪えた堅牢な船だ。たとえこれから長い間漂い流れることがあっても、船は沈まぬ。ありがたいことに飯米以外に、紀州様のお米を五百石も積んでいる。その米を口にしても、紀州様はやむを得ないとしてお許し下さるだろう。飢える恐れはない」

水主たちは、光太夫の顔を見つめている。

「風向が変って相応の手立てをすれば、地方《じかた》にもどることもできる。神仏の御加護におすがりするのだ」

光太夫の言葉に、水主たちはかすかにうなずいていた。

船は潮の流れに乗って漂い流れてゆく。周囲には海の果しないひろがりがあるだけだった。

光太夫は、その年が暮れ、卯《う》年（天明三年）を迎えたことを知った。

海は荒れたり凪いだりすることを繰返した。風向は相変らず西か北西で、船が地方からはるか遠くに流されているのを感じた。船上に出て三五郎と顔を合わせても、言葉を交すことはなくなった。白い髭《ひげ》におおわれた三五郎の顔には、絶望の色がうかぶようになっていた。

水主たちは、悲しげな眼をして身じろぎもせず海に眼をむけたり、膝《ひざ》をかかえ顔を伏して長い間坐《すわ》ったりしている。食事をとっている時に涙ぐむ者もいた。

光太夫は、朝眼をさますとその日が何日であるかを考えるのが恐しかった。すでに一月の中旬も過ぎ、下旬を迎えている。鳥羽浦を出船してからすでに一カ月が経過しているのに、船はさらに東へ東へと流されている。寒気がきびしく、雪が降り船上が白くなったりした。水主たちは、綿入れを身につけていた。

風が急に強くなり、高波が押し寄せて船が波にのしあげられ、波間に落下する日がつづくこともあった。

水主たちの顔は青白く、頬はこけていた。上乗りの作次郎は、ほとんど船上に姿を見せることはなかった。

二月に入ると海がおだやかな日がつづき、空は青く澄んでいた。

彼岸《ひがん》に入った日の朝、気温が暖く風向が変っているのに気づいた。

「南の風だ。地方にもどれる」

三五郎が、眼を光らせた。

水主たちは体をかたくして風向をさぐるように立っていたが、一人が喜びの言葉を口にすると、かれらは一斉に歓声をあげた。

「仮帆をあげよう」

三五郎が、光太夫に言った。

仮帆をあげるには、帆柱の代用をするものが必要で、それには帆桁《ほげた》が好ましかった。しかし、帆桁は、帆柱を切り倒した時に帆とともに海に吹き飛んで流失している。

三五郎は、船尾に行って流失した舵の柄に手をふれ、振返ると、それをはずすように水主たちに命じた。太く長い帆柱の代りとしては余りにも心もとなかったが、他に使用できるものは見当らない。

さらに帆を展張する帆桁には、艀《はしけ》に積んである棹《さお》を利用することになり、なにを帆にするか三五郎は思案した。適当なものはなく、乗組の者たちの着物を利用する以外にないという結論になって、着物が集められた。

水主たちはそれらを縫い合わせ、棹の帆桁にとりつけ、舵柄《だへい》を突き立てた。わずかな広さしかない帆であったが、風を受けてふくらみ、船がかすかに動きはじめた。

水主たちは、自分たちの着物がひろがる帆を見つめて眼を輝やかせた。光太夫は、心もとない仮帆であるが、船がゆるい速度であるとは言え、確実に進んでいることに喜びをおぼえた。

船は北にむかって動いていて、その方向に陸岸があるはずであった。奥羽《おうう》地方か、それともその名をきく蝦夷《えぞ》（北海道）か。いずれにしてもこのまま進んでゆけば、陸地か島に近づくにちがいない。光太夫は、舳先《へさき》の近くに立って船の動いてゆく方向を見つめていた。島かと思うこともあったが、それは水平線にひろがる雲で、やがて崩れて消える。

数日後には風は南から東南に変り、陸岸を目ざす船には願ってもない風で、かれは神仏の御加護だ、と感謝した。風が強まり、帆ははち切れそうにふくらみ、船の動きがはやくなった。

荷物賄方《まかないかた》の小市が、光太夫と並んで坐っている三五郎に近寄ると、

「帆布を替えてみる気はありませんか」

と、言った。

小市は、積荷の中に畳表があるのを思い出したという。それは、江戸の彦根《ひこね》藩邸で畳の表替えをする計画があり、井伊《いい》家で購入し江戸への運送を「神昌丸」に託したものであった。たしかに藺《い》の茎《くき》で編んだ畳表は、薄い着物の布よりも厚く緻密《ちみつ》で、風を

しっかりと受けとめる。

「それはなによりだ。使おう」

三五郎は、立ち上った。

小市が水主を連れて荷の積載所に行き、畳表二巻きを引き出してきた。ひろげてみると、さすがに井伊家で購入しただけに目がつんだ上質のものであった。

三五郎は、帆桁から着物の布をはずさせ、代りに畳表をひろげてつけさせた。彎《わん》曲《きょく》させた畳表は風を受けてふくれあがり、船の動きははやくなった。

「畳表を帆布にするとは、見たこともきいたこともない」

畳表の帆を見ながら、三五郎はかすかに頰をゆるめた。

天候は一定し、風の変化もなく船は進みつづけた。光太夫たちは、船の進行方向に眼をむけていたが、半月ほどたっても陸岸らしきものは見えない。時折り島影かと胸をおどらすこともあったが、それは雲か霧、靄《もや》のたぐいであった。

海に視線をむけていた三五郎は苛立《いらだ》ち、光太夫に、

「船は北西にむかって進んではいるが、地方《じかた》はいっこうに見えぬ。この先にはまちがいなく地方があると思っていたのだが……」

と、息をつくように言った。

光太夫は、返事をすることもできず黙っていた。

鳥羽浦《とばうら》を出船して以来、陸岸を眼にしたことはない。船の進行方向に陸岸などなく、果しなくつづく海があるのかも知れない。深い絶望感が胸にひろがり、かれはうつろな眼を海にむけた。海鳥の飛ぶ姿もない広大な海が、無気味なものに思えた。

「地方まで近いのか、遠いのか。それを知るには神籤《みくじ》を立てる以外にない」

三五郎が、けわしい眼をして言った。

光太夫は、同意した。判断がつきかねた時、神籤を立てて神のお告げを知るのは船乗りの常識であった。それは神秘的なほど的中し、それに従って行動して好結果を得ることが多い。陸岸まで近いのか、遠いのか。神籤は正確な答えを出してくれるはずであった。

「これより神籤を立てる」

光太夫は、水主たちを見まわすと神妙な口調で告げた。

船上に荘厳《そうごん》な気配がひろがり、神籤が三五郎の手によって準備された。紙を等分に四角に切って多くの札をつくり、光太夫がそれに五十里、百里、百五十里、二百里と五十里ずつ千里までそれぞれ書きとめた。三五郎は、それらの紙を丁寧に丸め、用意した白木の三方《さんぼう》の上に置いた。

船内の祭神をまつる部屋から伊勢大神宮のお祓《はら》いが持出されてきて、三五郎がそれを手にした。

光太夫が手を合わせて、

「伊勢大神宮様」

と唱えると、水主たちは真剣な眼をしてそれに和し、三五郎も拝唱しながらお祓いを三方の上で振りはじめた。

唱和する声が次第に大きくなり、熱をおびた。三五郎は神の名を唱えながらお祓いを振り、顔は紅潮して額に汗がうかび出た。

紙玉はお祓いにあおられてゆらいでいたが、不意にその一つが浮き上り、お祓いに附着した。お祓いを置きその紙玉を取り上げた三五郎の手元を、光太夫は水主たちと見つめた。

紙を徐々にひろげた三五郎の口から、失望の溜息《ためいき》がもれた。紙には六百里（約二、四〇〇キロ）と記されている。水主たちは肩を落し、互いに顔を見合わせた。陸岸まで六百里もあるとは信じがたいことで、到底たどりつける距離ではない。

鳥羽浦から江戸まではおよそ百里と言われ、その六倍もへだたっていることになる。畳表を帆布にした仮帆では、その距離をこなすのに何カ月かかるかわからない。それに風が変ることもあれば時化に見舞われる恐れもあって、船が北の方向に直進するとは考えられない。六百里という神のお告げは、絶対に陸岸を眼にできないことをしめしている。

光太夫は、深い絶望感にとらわれた。坐りこんだ三五郎も水主たちも、一様に口をつぐんでいる。吐息をつき、悲しげな眼を海にむけている。

長い沈黙がつづいた。

幾八が、ためらいがちに口を開いた。

「神籤は、立て直すものではないと言いますが、せめてもの心晴らしに、もう一度立ててみてはいかがでしょう」

三五郎たちは、幾八に眼をむけたが、すぐに視線を落した。同意する者も反論する者もいなかった。

光太夫は、幾八がお祓いを手にするのを無言で見つめていた。幾八の神を祈る声が起り、お祓いが三方の上で振られはじめた。顔には苛立ちに似た表情がうかび、眼をいからせて振っている。三五郎も水主たちも、幾八の姿に眼をむけていた。

紙玉がゆらぎ、しばらくするとその一つがはね上った。幾八がそれをつまみ開いたが、かれは、崩れるように腰を落した。

光太夫は、幾八の手にした紙札に六百里という文字が書かれているのを見た。二度にわたる神籤で出た六百里という距離は神のお告げであり、信じる以外にない。光太夫は、陸岸を眼にする望みが全く断たれたのを感じた。

三月上旬、風は北西に変り、仮帆をおさめた。

たちまちおだやかだった海が様相を一変し、風がうなりをあげて吹きつけ、激浪がのしかかる。音を立てて雨も落ちてきて、押し寄せる波が船体に激突し、飛び越える。遠州灘《なだ》で舵を破壊されて持ち去られた折よりも、恐しい大時化であった。高々とそびえ立った波が、しぶきを吹き散らしながらつぎつぎに突き進んできて、船は宙にむかってはね上り、波間に突き落される。船体は悲鳴に似た鋭いきしみ音をあげ、光太夫は、今度こそは船体が飛散するのではないか、と思った。

夜がやってきて、光太夫たちは船内で突っ伏していたが、体がはね上り、側壁にたたきつけられる。光太夫はひたすら神に祈った。

朝になって雨はやんだが、風波はさらに激しさを増し、海は魔の海になっていた。

三日後の夜半、ようやく時化はしずまった。かれの体は死んだように動かず、眼から涙が頬を伝って流れていた。

翌朝、船上に出た光太夫は、茫然《ぼうぜん》として船上を見渡した。船尾が引きちぎられて消え、後部の櫓《やぐら》も流失している。帆柱のない坊主《ぼうず》船になった「神昌丸」が、さらに深く傷ついている。

かれの耳に突然、水主《かこ》たちの悲鳴がきこえた。その方向に眼をむけると、水主たちがわめき声をあげて騒いでいる。光太夫は背筋に冷いものが走るのを意識し、走り寄ると、水主たちが視線をむけている船の下部を見た。

かれは顔色を変えた。二尺（六〇センチ強）ほどの高さまで海水がたたえられていて、船の動揺とともに揺れている。それを見おろす三五郎の顔は青ざめていた。時化で船材の結合部分がゆるみ、そこから海水が浸入していることはあきらかだった。水位は少しずつ高さを増してきている。

光太夫は、体がかたく凍りつくような恐れを感じた。船は水船となり、辛うじて風波に堪えてきた「神昌丸」も、ここに至って海の藻屑《もくず》となって沈み、自分たちも海に呑《の》み込まれる。水主たちは、身をふるわせて立ちつくしていた。光太夫は、最後の時がきたことを覚悟した。

たたえられている海水を無言で見つめていた三五郎が、顔をあげると、

「このような時にこそ、神仏の御加護をお祈り申すほかはない」

と、きびしい口調で言った。

光太夫は、その言葉に三五郎が冷静さを失っていないのを感じた。

三五郎は、さらに言葉をつづけ、

「手をつかねていたずらに死を待つよりは、どこに淦道《あかみち》があるのか、神籤を立てて神の教えを請《こ》おう」

と、光太夫の顔に視線を据えた。淦道とは浸水個所で、それをたしかめようというのだ。

当を得た言葉にうなずいた光太夫は、荷物賄方の小市に神籤を立てる準備を命じた。うなずいた小市は、あわただしく船内に入っていった。

やがて神籤を立てる仕度がととのい、三五郎が多くの紙札を用意し、光太夫がその一つ一つに船体の各個所の名称を記した。三五郎は、それらを丸めて据えられた三方の上にのせた。

お祓いを手にした三五郎が、伊勢大神宮様と唱えながら、お祓いを三方の上で勢いよく振りはじめた。眼は血走り、祈る声は悲壮だった。

しばらくすると、ゆらいでいた紙玉の一つが浮き上った。三五郎はそれをつまむと、食い入るような眼をして開いた。

「面楫《おもかじ》の一の間《ま》だ」

かれは、眼をあげて言った。そこは一の間という区劃《くかく》の右側の船ばたをさしていた。三五郎は一の間の方向に眼をむけて歩き、光太夫たちもそれに従った。

一の間に入った三五郎は着物をぬいで褌《ふんどし》一つになって、たまった海水の中に半身をつけ、顔を突き入れて船ばたを手でさぐり、顔を出すと再び水中にもぐった。

手さぐりをしていた三五郎の体が動かなくなり、やがて水面に顔を出すと、

「神籤の通り、淦道がある」

と、言った。

三五郎が、ただちに小市に刎《は》ね残した木綿布を持ってくるように言い、水主に槙肌《まいはだ》をとってくるよう命じた。槙肌は槙《まき》の木の皮を縄状にしたもので、船材の継ぎ目につめこんで浸水をふせぐ。

綿布と槙肌がそろい、三五郎はそれらを手にして海水に顔を突き入れた。かれは何度も顔を水面に出して深呼吸し、材のゆるんだ結合部分に木綿と槙肌をつめこむことをつづけた。

しばらくして体を起したかれは、

「淦道をとざした」

と言って、水からあがった。

すぐに水主たちが、桶《おけ》やスッポンを手にして水の排出をはじめた。三五郎の言葉通り浸水個所はとざされていて、水位は徐々にさがってゆき、やがて船底が露出した。

「伊勢大神宮様の御加護だ」

三五郎の言葉に光太夫は深くうなずき、危難が去ったのを感じた。

賄米《まかないまい》が尽きて、上乗りの作次郎の諒解《りようかい》を得て紀州藩の御城米に手をつけていた。

問題は、飲料水であった。船には飲料水を入れた樽《たる》がいくつも載せられていたが、炊事に使い思いのままに飲んでいたので少くなっていた。光太夫は不安を感じ、飲み水を極度に制限し、夜間にひそかに飲む者がいることも予想されたので、水樽に錠をかけ、鍵《かぎ》は光太夫が腰につけていた。飲む時刻も定め、柄杓《ひしやく》で一杯ずつ飲ませる。それでも炊飯には使わねばならぬので、水は日を追うて減少していった。

三月末にはその水もなくなり、非常用の水を使わねばならなくなった。それは帆柱の立っていた根元に据えられている大櫃《おおびつ》にたたえられていた水で、そこにも光太夫は錠をかけ、各人にあたえる水の量も少くした。雨は降らず、水主たちの唇は粉をふいたように白く、ひび割れている者もいる。かれらは身を動かすのも大儀そうで、坐《すわ》ったり身を横たえたりしていた。

四月中旬の夕刻、櫃の水は尽きた。

翌朝、這《は》い出てきた水主たちは一人残らず突っ伏し、眼を閉じていた。光太夫も腰を落して頭を垂れ、乾ききった口をかすかにあけて喘《あえ》いだ。清流を流れる水の輝やきが眼の前にちらつき、何度も口を動かした。意識がかすみ、死が身近にせまっているのを感じた。

幻想が湧《わ》き、船乗りたちにつぎつぎに死が訪れ、それらの死体をのせた船が洋上をあてもなく漂い流れてゆく。死体は陽光にさらされて白骨と化し、時化《しけ》がやってきてそれらがことごとく強風を受けて海上に吹き散らされる。これまで自らをはげましして生きてきたが、そのように骨となって海に散らされる方が、むしろ幸いなのだ、と思った。

光太夫のうつろな眼に、水主の一人が水桶を手に這って船べりに行き、海水を汲《く》みあげるのが見えた。水主たちがそのまわりに這ってゆき、光太夫の体も自然に動いて桶に近寄った。

水主たちと争うように柄杓をつかみ、海水をすくって口に入れた。かれは顔をしかめ、吐き出した。恐しいほどの塩辛さで、口の中がひりつくように痛く、舌がうずいた。渇きに堪えかねて柄杓を手にしたことが恥しく、水主たちの前で見せてはならぬ行為をしたことを悔い、桶のかたわらからはなれた。

飯を炊《た》くにも水はなく、光太夫たちは飢えにもさらされた。

翌日、船上に出てきた者は少く、ほとんどが船内で身を横たえ、三五郎も船上には姿を見せなかった。

光太夫は、うつろな眼をして坐《すわ》っていた。昨夜は激しい渇きと飢えで身もだえし、発狂するのではないかと思った。しかし、感情の動きもいつの間にかしずまり、頭の中は空白で思考能力は失《う》せていた。体の感覚はなく、すべてが漠《ばく》としている。これが死の近づいている状態なのか。眼の前がぼやけ、深い霧の中に身を置いているような感じであった。

かれはおもむろに身を横たえて眼を閉じ、時折り眼を開けたが、すぐに閉じる。時間の経過はわからなかった。

冷いものが顔にしきりに当っている。かれは、顔を横にし、うっすらと眼を開けた。あたりに波の寄せるような音が起っている。眼の前に水がはねている。

雨だ。かれは身を起した。あたりは薄暗くなっているが、船上には雨しぶきが仄白《ほのじろ》くひろがっている。

雨に気づいたらしい水主が、顔を仰向けにして口を大きく開けている。光太夫もそれにならった。舌に当った雨水がかすかに咽喉《のど》を過ぎてゆく。気の遠くなるような甘い水であった。頭の中をかすめすぎるものがあった。雨はまさに慈雨で、自分たちを渇きから救ってくれる。

かれは立つと、よろめきながら船内の居住区の入口に近づき、

「雨だ。雨が降ってきている」

と、かすれた声で叫んだ。

水主たちの起きる気配がして、かれらが這い出してきた。音を立てて落ちる雨に驚いたかれらは、顔を仰向けにして口で雨を受け、両掌《りょうて》をそろえてそこにたまる雨水をすすっている。かれらの間から、うめきに似た為体《えたい》の知れぬ声がもれていた。

雨がさらに激しさを増し、船上に雨しぶきの白さが密度濃くひろがった。

雨水を咽喉を鳴らして飲んでいた光太夫の胸に、突然ひらめくものがあった。かれは、水主たちに眼をむけると、

「雨水をためる。樽を出せ、桶を持ってこい」

と、叫んだ。

かれの叫び声に、水主たちは光太夫の顔に視線をむけた。かれらは無言で坐っていたが、一人が立って体をふらつかせながら烹炊所《ほうすいじょ》の方に歩き出すと、他の者たちもそれにつづいた。

光太夫は、かれらが樽や桶を持ち出し、さらに鍋《なべ》、釜《かま》を手にして船上に出てくるのを眺めていた。それらが船上に並べられ、雨がその中で飛沫《ひまつ》をあげているのがかすかに見える。

夜の闇《やみ》がひろがったが、船内に入る者はなく、仰向けに寝て口で雨水を受け、光太夫もそれにならった。闇の中で雨に打たれているのが嬉《うれ》しく、いつまでもそのままにしていたかった。

やがて水主たちは船内に入ってゆき、光太夫もかれらにつづき、居住区で横になった。雨は依然として激しく、きこえてくる雨音が快かった。

翌日、夜明けに眼をさました光太夫は、雨音がさらに勢いを強めているのに胸をおどらせ、船上に出た。雨が滝《たき》のように落ちていて、すでに起き出した水主たちがそれを浴びて立っている。

光太夫は、樽や桶に水がたまっているのを眼にし、艀《はしけ》にも水をためようと考え、水主たちに艀の周囲に傾けた板を固定させ、そこで受けた雨水が艀に流れこむようにさせた。

水が尽きて炊事はおこなえなくなっていて、光太夫は渇きとともに飢えにもおそわれていた。渇きに意識がかすんで水を飲むことのみを願っていたが、渇きがいやされると空腹感がつき上げてきた。

光太夫は、

「与惣松」

と、甲高い声をかけ、すぐに飯を炊くように命じた。

船上に置かれた大きな釜には雨水が張られていて、与惣松は水主とそれを手にして烹炊所に入っていった。

紀州藩の御城米は精米していない玄米で、やがて炊き上り、光太夫たちは船内に入って椀《わん》に盛られた米を口にした。菜はかなり前に尽きていて、少量の味噌《みそ》が配られた。光太夫たちはむさぼり食った。渇きからも解放され、体に芯《しん》が通ったように力がついてくるのを感じた。かれらは桶の水を柄杓ですくって飲み、飯を口に運んだ。

雨は小降りになり、夕刻にはやんだ。

雨季に入っているのか、その後も雨は時々降り、樽、桶、艀には常に雨水がたたえられていた。しかし、光太夫は、飲む時間をさだめ量も制限して、万一の場合にそなえた。

五月に入った頃から、水主たちの体の衰えが急に目立ちはじめた。光太夫も、朝、体を起すのが辛《つら》く、立っても足に力が入らない。鳥眼（夜盲症）になったらしく、日が没すると物の見分けがつかなくなった。

玄米の飯はかたく、それを食べつづけているため下痢におかされる者が多く、光太夫もしばしば腹痛に苦しんだ。

かれは三五郎と話し合い、米を精白することになった。小さな杵《きね》をつくり、玄米を桶に入れてそれでつく。水主《かこ》たちは交替で杵をつき、それによって白くて柔かい米飯を口にできるようになった。

光太夫は、水主たちの精神状態が日増しに不安定になっているのを感じるようになっていた。声をかけても返事をせず、顔をむけてくることもしない。ただ腰をおろして海に眼をむけているか、頭を垂れているだけであった。深い溜息《ためいき》をついたり、意味もなく舌打ちをしたりする。眼には絶望の色が濃く、拗《す》ねたような光もうかんでいた。雨が降っているのに居住区の屋根の上に寝ころんで、雨に打たれるまま長い間身じろぎもしない姿もしばしば眼にした。

光太夫は無理もない、と思った。坊主船になってから半年間、船は漂い流れ、生きる望みはなく死を待つだけの日がむなしく過ぎている。体は病んだように衰え、気力が失われているのも当然であった。

退屈しのぎに、車座になって花札で博打《ばくち》をする者たちもいた。船内で金を賭《か》ける博打は禁じていたが、光太夫は、かれらが所持した金をやりとりしていても声をかけることもしなかった。

かれらは眼を光らせて花札を打っていたが、そのうちに興味を失ったらしく、一人、二人とその場をはなれてゆく。勝って金を手にしても、海にかこまれた船の上ではなんの意味もなく、かれらの顔には悲しげな表情がうかんでいた。

水主たちの気持の荒れが、日増しに目立つようになった。漂流がはじまった頃は、互いに憂《う》さをなぐさめはげまし合っていたが、それが一変して些細《ささい》なことにもいきり立って荒い声をあげる。諍《いさか》いもしばしば起って、顔色を変え体をふるわせて怒声を浴びせかけ、そのうちに殴り合いつかみ合って血を流すまで争う。

光太夫が近寄って間に入り、制止してもいっこうに耳をかさず、光太夫を荒々しく突きとばすこともした。水主たちの眼はけわしく、船内の空気はすさんだ。

そうした者たちがいる一方で、終日、居住区にひきこもって身を横たえている者もいた。下痢がつづき腹痛を起している者たちで、その中には最高齢の船親父《ふなおやじ》三五郎と船表 賄 方《ふなおもてまかないかた》の次郎兵衛もまじっていた。光太夫は、与惣松に命じてそれらの者たちに粥《かゆ》をつくってあたえさせていた。

故郷では汗ばむ季節に入っているのに、気温が急速に低下して、雪が時々降るようになった。寒さが堪えがたいほどきびしく、光太夫たちは綿入れを出して身につけた。夜の間に雪が降り、朝起きると船上が白くなっていることもしばしばだった。荷の中に木炭を入れた俵もあって、火を熾《おこ》して煖《だん》をとった。風邪を引き、寝込む者も多かった。

七月に入ると、下痢におかされつづけていた水主の幾八の容態が、急に変化した。与惣松が粥を枕《まくら》もとに持っていっても受けつけず、わずかに白湯《さゆ》を口にするだけであった。

光太夫はしばしば見舞い、無理に粥を口にふくませたりした。発熱もしていて、頬骨の突き出た青白い顔には汗がうかんでいる。声を発することもなくなっていた。

十五日の夜明け過ぎには意識が全く失われ、光太夫たちが見守る中で夜四ツ半（午後十一時）頃に息を引取った。四十三歳であった。

光太夫をはじめ水主たちは、いずれも鳥眼になっていて夜は視力がほとんど失われていたので、夜明けを待って湯灌《ゆかん》をすることにした。死者が出たことに、船内には沈鬱《ちんうつ》な空気がひろがった。幾八の運命は、やがて自分たちのそれであり、水主たちは口数も少く寝所に入っていった。

夜が明け、水主たちは遺体を船上に運び、湯灌をするため着物をとりのぞいた。無残な体であった。肉がすっかり落ち、骨の形がそのまま皮膚に浮き出ている。頰のこけた顔は、かすかに笑いをふくんだようにおだやかであった。

光太夫は、水主たちが幾八の体を洗い清めるのを涙ぐんで見つめていた。幾八は同じ若松村の出身で、かれの妻子の顔が眼の前にうかんだ。幾八は死のせまる中で妻や子のことを思いつづけたはずで、孤独な死が哀れであった。

三五郎が起き出してきて合掌し、剃刀《かみそり》で幾八ののびた髭《ひげ》を丁寧に剃《そ》り、髪を濡《ぬ》らして櫛《くし》を入れた。小市が幾八に着物をつけさせ、大きな桶《おけ》に膝《ひざ》を曲げさせて遺体を坐るようにおさめ、周囲に木綿の布をつめこんで蓋《ふた》をした。その蓋の上に、筆をとった光太夫が、「白子《しろこ》大黒屋光太夫船　水主幾八」と書き記した。

周囲から泣き声が起った。

蓋がはずれぬように水主たちが長い綿布で桶を幾重にもしばり、船べりに運んだ。泣き声がたかまって念仏をとなえる声が一斉に起り、桶が海面に落された。光太夫は嗚咽《おえつ》しながら、徐々に海中に沈んでゆく桶を見つめていた。

その夜は雷鳴がとどろき、翌日は大時化になり、夜に入ると一層激しさを増した。遺体は土中に埋葬するのが定めだが、海に沈めたことが神の怒りを招いたのかも知れぬ、と光太夫はひそかに思った。

船は波に翻弄《ほんろう》され、居住区に置かれた火鉢が飛びあがって炭火が新蔵の顔にふりかかり、半面が火傷《やけど》した。光太夫は突っ伏していたが、体がはね上げられ右に左にころがる。やはり幾八の遺体を海に投じたのがいけなかったのだ、とかれは闇の中で何度も繰返しつぶやいた。神の怒りは激しく、船とともに光太夫たちを海に呑《の》みこもうとしている。かれは、伊勢大神宮様、若宮八幡宮《はちまんぐう》様と、許しを請《こ》うように必死にとなえつづけた。

夜明け近くにようやく風の勢いが弱まり、波もしずまってきた。船はさらに傷つき、ただ海面にうかぶ大きな容器に似たものになっていた。

かれは船を点検した。幸い淦道《あかみち》は生じなかったらしく、浸水の気配はみられなかった。かれは海にむかって掌を合わせ、幾八の霊が安息を得られるようにと祈った。

船はどこへ流れてゆくのか。時には水平線に陸岸や島らしきものが望まれて、一同喜び騒いだこともあったが、それは雲、霧、靄《もや》を見あやまったものであった。

あてもなく流されてゆくうちに、やがては米も尽き餓死する。水葬された幾八と同じように自分たちも海に沈み、痕跡《こんせき》も消えるのだろう。光太夫も、気力がすっかり萎《な》えているのを感じた。

幾八を水葬してから三日後の七月十九日夕刻、珍しく船上に出てきた三五郎が、体

をふらつかせながら光太夫に近寄ると、

「船べりで用便をした時、海に昆布が流れているのを見た。地方《じかた》が近いのだと思う」

と、かすれてはいるが甲高い声で言った。

その言葉を耳にした水主たちが、三五郎のまわりに集まってきた。

三五郎が言葉をつづけた。昆布は磯《いそ》の近くに密生していて、昨日までの時化《しけ》で波に打たれてちぎれ、流れてきたのではないか、という。

海の知識も豊かな三五郎の言葉だけに、水主たちの顔に喜びの色がひろがり、海に眼をむけていた。

三五郎は、おぼつかない足取りで船内にもどっていった。

夜がやってきて、光太夫は居住区で身を横たえた。果して三五郎の言ったように船は陸岸に近づいているのか。昆布は深い海の底にも根をおろしてゆらいでいるかも知れないが、時化で荒れるのは海の表面に近い部分にかぎられ、波でひきちぎられることはないのだろう。流れていたという昆布は、荒波が打ち寄せる磯の近くにはえていたものなのか。

かれは、眼を閉じても長い間寝つかれなかった。

夢を見ていた。かれは生いしげった森の樹幹の間を縫って歩いている。胸が息苦しいのは、かなりの量の薪《まき》を背負っているからだった。森は奥深く、薄暗い。樹皮の香がし、苔《こけ》の水分をふくんだにおいも立ちのぼっている。

森の奥の方から、かすかな声がしていた。尾を引くような人声で、それが急に大きくなった。

かれは、眼を開いた。

「島だ、島が見える」

狂ったように叫ぶ声を耳にして、かれは身を起した。小市の声にちがいなかった。

光太夫は、あわただしく船上によろめくように出た。

すっかり夜が明けていて、小市は北東の方向を指さしている。かれのまわりに水主たちが集まり、船内から走り出てくる者もいる。

光太夫は、小市の指さす方向を見つめた。小市のかたわらに立つ磯吉が、わめくような声をあげている。夜が明けはじめた頃、放尿のため船上に出た磯吉は、やはり北東の方向に島のようなものを眼にしたが、雲なのかも知れぬと思い、船内にもどったという。

たしかに島の形をしてはいるが、靄がかかっていてしかとはわからない。輪郭がぼやけていて、凝りかたまった雲のようにも見える。しかし、小市以外に磯吉も島のようなものが見えたと言うだけに、むげに否定するわけにもゆかない。

小市をかこむようにして水主たちは、無言で海に眼をむけている。寒気がきびしく、寝巻姿の光太夫は、居住区にもどって綿入れを身につけ、再び船上に出ると北東の方向に視線を据えた。依然として、少し紫色がかった靄がその方向の海上一帯に立ちこめている。

海上が徐々に明るさを増し、靄もうすらいできた。海は凪《な》いでいる。身じろぎもせず立っていた水主たちの体がゆらぎ、短い言葉が飛び交いはじめた。光太夫は、雲かと思っていたものが淡い輪郭を浮き上らせてきているのを見つめ、もしかすると島かも知れぬ、と思った。

水主たちの声は次第にたかまり、そのうちに、

「山だ、山だ」

という絶叫するような声が、不意にかれらの間から起った。

かれらは走りまわるかと思うと体をかたくして立ちどまり、その方向を見つめている。

光太夫の眼が大きく開かれた。たしかに山の稜線《りようせん》が曇った空を背景にうっすらと見える。体がふるえ、胸に熱いものが突き上げてきた。四ツ（午前十時）頃であった。

山の頂きが白いのは、雪におおわれているからにちがいなかった。

水主たちの狂ったような声を耳にしたらしく、三五郎も船内から姿をみせた。水主たちは、喜びの声をあげて踊り狂っている。海のみしか見えなかった海上に、遂《つい》に陸岸を眼にすることができたのだ。

島に眼をむけて肩をふるわせ、泣いている者もいる。かれらはひざまずき、手を合わせて神の名をとなえている。光太夫も合掌した。陸岸に近づくことができたのは神仏の御加護によるものだ、と思うと、涙が頰を流れた。

三五郎が、水主に体を支えられながら近寄ってきた。

光太夫は三五郎の涙に光る眼を見つめ、海に視線をむけた。三五郎がなにを言おうとしているかはわかっていた。船をどのようにして島に寄せることができるか。

「風向きは、今のところはいいが、島の方向から風が吹くようになったら一大事だ。船は大海に引きもどされる」

三五郎は、かすれた声で言った。

けわしい表情をして島に眼をむけている二人の姿に気づいた水主たちが、集まってきた。かれらも帆柱と舵《かじ》を失った船を島に寄せるのが容易ではないことを知っている。島を目前にして、かれらはなんとしてでも島の土を踏みたいと願っている。

「船を島に寄せてくれい」

水主の一人が、泣き声のような声で叫び、他の者も同じように叫んだ。

「とりあえず仮帆を立ててみよう。風が船を島の方に進めてくれるかどうか。それは神の御加護次第だ」

光太夫が言うと、三五郎は無言でうなずいた。

水主たちがすぐにその場をはなれ、畳表を帆にした仮帆を立てた。

風は弱かったが、船は船尾を先にして少しずつ動いてゆく。靄が時がたつにつれてうすらぎ、島がその全容を現わしてきた。黒々としていて中央に山がそびえ、頂きは雪の白さにおおわれている。

幸いにも風は後方から渡ってきていて、船は徐々に島に近づいてゆく。腰を落して島を見つめている三五郎は、それも辛《つら》いらしく横になった。光太夫は、水主に三五郎を居住区に連れてゆくよう命じ、三五郎は水主に抱きかかえられて船内に入っていった。

風が少し出てきたらしく、仮帆のふくらみが増した。光太夫は、胸の中で伊勢大神宮様、若宮八幡宮様ととなえ、風向が変らぬように祈った。船が島の方向に、ゆっくりと進んでゆく。

島が徐々に大きくなり、磯に寄せる波の白さもかすかに見えるようになった。遅々とした動きではあったが、船は確実に島に近づいている。光太夫は、身じろぎもせず立って近づく島を見つめていた。神の御加護によって確実に島の土を踏むことができる、と思った。

「碇《いかり》をおろせ」

かれは、鋭い声で叫んだ。嗚咽がつき上げ、唇をかんだ。あふれる涙で島がかすんだ。

時刻は八ツ（午後二時）頃で、船は島から四町（約四三六メートル）ほどの位置に達していた。島の近くに岩礁《がんしょう》がひろがっているのが海水の動きで推察でき、それにふれれば船はたちまち底を突き破られて沈む。岩礁からはなれたこの位置で碇をおろし、船に載せてある艀《はしけ》で上陸すべきだ、と思ったのだ。

水主《かこ》たちの間からさらに泣き声がたかまり、かれらは肩をふるわせて泣きながら船尾に行き、碇をおろした。水しぶきをあげて落された碇の爪《つめ》が沈んで海底をつかんだらしく、船の動きがとまった。

「艀で島にあがる」

光太夫は、頬に流れる涙をぬぐうこともせず言った。

病臥《びょうが》している三五郎と次郎兵衛を海面におろした艀に乗り移らせることは、不可能だった。船上で二人を艀に乗せ、艀を海面に吊《つ》りおろす以外にない。

「船親父と次郎兵衛をふとんと一緒に運んでこい」

光太夫の涙は、とまっていた。

水主たちがあわただしく船内に入ってゆき、やがて三五郎と次郎兵衛を抱きかかえて出てきた。その後につづく水主たちは、ふとんをかついでいる。艀に畳んだふとんが置かれ、三五郎と次郎兵衛が坐《すわ》ってそれにもたれた。

艀に数本の綱がむすびつけられ、それらを水主たちがつかみ、船べりから艀を徐々に吊りおろし、ようやく海面に達した。艀は船につなぎとめられた。

なにを艀に載せるか。光太夫は小市と話し合った。まず御札を移すことになり、船内から伊勢神宮と若宮八幡宮の御札が持ち出され、それを三五郎がもたれているふとんの上に置いた。

島は無人島かも知れず、もしもそうであったなら飲み水はあるだろうが、当座の食物を用意しておかねばならない。そのため玄米二俵と味噌《みそ》の入った樽《たる》を載せることにし、炊事に必要な鍋《なべ》、釜《かま》、薪を順次、艀におろした。また各自の手廻りの物や夜具も載せ、光太夫は脇差《わきざし》を腰におび、手廻りの品をおさめた行李《こうり》を艀におろさせた。

「艀に移れ」

光太夫は水主たちに声をかけ、かれらが一人残らず乗り移るのを眼にしてから、最後に艀に乗った。

船にとりつけられていた綱がとかれ、艀は船をはなれた。水主が櫓《ろ》を漕《こ》ぎ、舳先《へさき》が島にむけられた。

光太夫は、はなれてゆく「神昌丸」を見つめた。故郷の白子浦を出船してから大時化に遭って破船し、坊主《ぼうず》船になって七カ月間漂流したが、その間、風波で傷つき無残な姿になったものの、それにも堪えて沈むことなく自分たちをここまで運んできてくれた「神昌丸」を拝みたい気持であった。新造されて間もないとは言え、「神昌丸」の船体の堅牢《けんろう》さは驚くべきもので、それを建造した船大工たちにも畏敬《いけい》と感謝の念をいだいた。

艀は、磯に近づいてゆく。岩だらけで、海面にも海草におおわれた岩が所々に突き出ている。元船を沖でとめて艀に乗り移ったのは賢明だった、と思った。

艀が磯につき、海におりた水主たちが三五郎と次郎兵衛をそれぞれ背負って磯に運び、石だらけの岸におろした。それにつづいて米俵その他が磯に運ばれ、水主たちは、艀を岸に引き揚げた。

光太夫は、磯を踏みしめて立った。長い間漂い流れつづけた船は絶えず揺れていたが、磯は動かず不思議な思いがした。かれの胸に陸岸にあがることができたという実感がせまり、再び熱いものがつきあげた。

水主たちの眼は涙で光り、大地の感触をたしかめるように足を踏みしめて歩きまわっている者もいる。

どこの島なのだろうか。かれは周囲を見まわした。眼のとどくかぎり樹木はなく、草も見えない。岩と石ころだらけの地表がひろがっているだけであった。

ひとまず落着く場所を探すことになり、水主たちは磯をはなれて歩きまわり、やがて適当な場所を見つけてきた。それは岩山の傾斜がはじまるあたりで、岩の大きなくぼみが洞穴《ほらあな》のようになっていて、近くに小川が流れている。それを見分した光太夫は、風を防ぐことができ、水に恵まれているのを好都合だと思った。

三五郎と次郎兵衛は水主に背負われ、洞穴に行くと、砂地の上に敷かれたふとんの上におろされた。水主たちは、艀に積み込まれた物をかつぎ、光太夫はかれらと磯をはなれ、洞穴に行った。内部は全員が寝るのに十分な広さであった。身を横たえた三五郎と次郎兵衛は眼を閉じていた。

孤島

川のふちで水をすくって飲んでいた水主《かこ》が、光太夫のかたわらに走り寄ってくると、

「なにかくる」

と、おびえたような眼をして言った。

光太夫は、水主の視線の方向に眼をむけた。

獣かと見まがうような為体《えたい》の知れぬ身なりをした者が十一人、山裾《やますそ》を伝わってこちらに近づいてくる。鬼の棲《す》む島があるときいたことがあるが、かれらは鬼か、それとも人間か。

光太夫たちは、立ちすくんで近寄ってくるかれらを見つめた。髪はぼさぼさで例外なく髭《ひげ》をはやしている。顔は赤く、裸足《はだし》であった。黒い羽の大きな鳥の皮をつなぎ合わせたらしい長い衣服を身につけ、あきらかに獲物にしたらしい雁《かり》数羽をつるした棒をかついでいる者もいた。

かれらは、興味深げな眼をして光太夫たちに近づいてくると足をとめ、先頭に立つ男が海上の「神昌丸《しんしょうまる》」を指さしてなにか言った。初めて耳にする言葉で、意味がわからない。しかし、「神昌丸」を指さすかれの仕種《しぐさ》から、船でどこから来たのかとたずねているように思えた。

男はさかんになにか言い、光太夫は首をかしげた。島は無人ではなく、このような者が住みついている。言葉がわからぬのは、この島が異国の島であることをしめしている。

光太夫は、失望感にとらわれながらも、これらの島の住人たちに危害を加えられないよう心がけなければならぬ、と思った。恐らく島の住民は多く、かれらに襲われればたちまち命をうばわれる。

光太夫は、かれらの歓心を買う方法を思いめぐらし、人間であるかぎり物欲はあるはずだ、と思い、懐中から銭袋を取り出し、その中から数個の銭をつかむと身近な男に差出した。男は不思議そうに見つめていたが、手を出してそれをつかんだ。

光太夫は、さらに近くに置かれた綿布を男の前に突き出し、それを男は嬉《うれ》しそうに受けた。男たちの表情が一様にやわらぎ、歯をむき出しにして笑っている者もいる。

光太夫は、かれらが自分たちに敵意をいだいていないらしいのを感じた。

先頭に立つ男が光太夫に近寄ると、袖《そで》をつかんで引っぱった。自分についてこいという仕種であることはあきらかだった。男の眼の光はおだやかで、光太夫は男が好意をしめそうとしているのを感じた。男たちには住む集落があって、そこに連れてゆこうとしているのだ、と思った。

光太夫は、承知したというように何度もうなずき、水主たちを見まわした。

「この者は、おれについてこいと言っているようだ。応じてもさしつかえはないと思う。ただし私は船頭で、元船を捨ててゆくわけにはいかぬ」

光太夫は、沖の「神昌丸」に視線を走らせた。

「だれでもよい。この男たちについて行ってみてくれ。恐らく家もあるのだろう。どのような暮しをしているのかを見定めてきて欲しい」

水主たちは、顔をこわばらせている。

「どうだ」

光太夫は、うながした。

水主たちは互いに顔を見合わせ、低い声で言葉を交しはじめた。男たちについてゆくのは危険だと思っているらしく、殺されるかも知れぬ、と顔を青ざめさせてつぶやく者もいた。

そのうちに小市のまわりに集まった水主たちが真剣な顔をして話し合うようになり、小市が光太夫に眼をむけると、

「私たち五人が行きましょう。この男たちが何者か知るために……」

と、言った。小市に同行するのを承知したのは、清七、庄蔵、新蔵、磯吉であった。

小市が男たちの前に進み出て、ついてゆくという仕種をすると、男たちが歩き出した。

光太夫は、男たちについて歩いてゆく小市たち五人を無言で見送った。危険はないとは思うが、どのようなことになるか想像もつかない。何事もないように、とかれは願った。

小市たちは男たちとともに遠ざかり、山裾のかげに消えていった。

光太夫は、水主たちを見まわした。白子浦《しろこうら》を出船してから幾八の死があったものの全員はなれることなく過してきたが、五名が男たちと去り、光太夫は急に心細さをおぼえた。行かせるのではなかった、という後悔の念も湧《わ》いた。

「また、だれかくる」

水主の声に、光太夫はその視線の方向に眼をむけた。

小市らが男たちと去った山かげから、五人の男がこちらにむかって歩いてくる。先

程来た男たちとはちがってはるかに身なりがよく、厚手の衣服を身につけている。光太夫は、その布が江戸で眼にしたことのある羅紗《ラシャ》であるのを知った。

男の一人が、歩きながら腰にさしていた短筒を手にすると空にむけて発砲した。銃声がひびきわたり、光太夫たちは後ずさりした。

近寄ってくる男たちの顔には、笑みの表情がうかんでいる。大きな体をした男たちであった。

かれらは、光太夫たちの前に立った。なにか酒粕《さけかす》に似た体臭が漂い出ている。頭立《かしらだ》った者らしい髭をはやした男が、革袋から赤黒い粉薬のようなものをつまみ出し、それを何度も嗅《か》いでみせてから光太夫に渡し、嗅ぐようにという仕種をした。水主たちはそれをのぞきこんで言葉を交していたが、九右衛門がつまんで鼻に近づけ、

「煙草《たばこ》の匂《にお》いがする。煙草を粉にしてなにかの葉をまぜたものらしい」

と、言った。

それは嗅ぎ煙草なのだが、そのようなものを知らぬ光太夫は、煙草を渡して好意をしめそうとした男の気持を察し、警戒する必要はなさそうだ、と思った。

光太夫は、男たちの人品がよいのを感じ文字も知っているはずだ、と思った。もしも清国《しんこく》ならば漢字で意思が通じることはたしかなので、紙を出し矢立の筆でこの島は

いずれの国に属するのか、と書き、頭立った者にしめした。

男たちは、額を寄せ合って光太夫が書いた文字を見つめていたが、首をかしげるだけであった。

頭立った者が思案するような眼をすると、鳥の羽を懐《ふところ》から取り出し、軸の先端を墨《すみ》壺《つぼ》のようなものにさしこんで粗悪な紙の上に走らせ、光太夫に手渡した。紙に記されているのは文字にちがいないのだろうが、模様に似たもので、しかも横に並べて書かれている。

光太夫は首を振り、紙を男に返した。その文字らしきものに、遠い異国の地に漂着したのを感じた。

遠くで騒がしい人声がして黒い鳥の羽でつくった衣服を身にまとった多くの者たちが、連れ立ってやってきた。その中には髭をはやしていない者もまじっていて、それらの顔を見た光太夫は、身のふるえるような恐怖におそわれた。

光太夫は、水主たちとともに後ずさりした。髭をはやしていない者は一様に小柄で、身につけた黒い鳥の皮衣が裸足の足先まである。髪は両頬に長く垂れていた。異様なのは、鼻の両側から白い角がはえ、さらに下唇からも二本の角が突き出ていることであった。顔には青い筋がいくつも引かれ、歯をむき出して笑っている。光太夫は、獣としか思えぬこれらの者の餌食《えじき》にされるのかも知れぬ、と思った。

光太夫は、腰におびた脇差《わきざし》を意識した。無抵抗に殺されるよりは、それらの一匹でも刺し殺して死のうと思った。

そのうちに異形の者たちの胸の部分がふくらみ、はだけた衣服の間から乳房がのぞいているのを眼にし、その者たちが女であるのに気づいた。顔面の青い筋は刺青《いれずみ》にちがいなく、腕にも青い筋が幾筋も見られた。

女たちが光太夫たちを取りかこみ、珍しそうに眺めてなにか言い合っている。なにが可笑《おか》しいのか、声をあげて笑う者もいる。

そのうちに女たちは、大胆になって光太夫たちに近づくと着物に手をふれ、しゃがんではいている草鞋《わらじ》を見つめ、中には指をのばして腕にさわる女もいた。

光太夫は、体が凍りつくような気味悪さにおそわれ、水主たちも彼女たちの視線を受けながら身じろぎもせず立っていた。

女たちの肌は白く、唇が赤い。光太夫は、彼女たちが男に連れられて自分たちを見物に来たのを感じ、恐れる必要はないようだと思った。

あたりが薄暗くなりはじめた。

ようやく落着きを取りもどした光太夫は、与惣松《よそまつ》に飯を炊《た》くよう声をかけた。その言葉に水主たちは、女たちのかたわらをはなれ、石を集めて竈《かまど》のようなものをつくることに手をつけた。与惣松は俵から出した米を釜《かま》に入れ、川べりに行くと水を入れて米をといだ。その間に水主たちは、仮の竈に薪《まき》をさし込み、米俵の藁《わら》を添えて火を熾《おこ》した。

男も女も、水主たちの動きを物珍しそうに眺めていた。

やがて飯が炊きあがり、与惣松がにぎり飯にして光太夫たちに配った。光太夫はそれを手にして口にしたが、眼の前に立って自分を見つめている鳥の皮の衣服をつけた男ににぎり飯を半分にして差出した。男はおずおずと受取り、周囲の者たちとそれを眺めまわしていたが、ためらいがちに口に入れた。その直後、かれは顔をしかめてほき出し、にぎり飯を投げ捨てた。

それを見ていた羅紗の衣服を身につけた男の一人が、なにか言いながら与惣松に近づき、にぎり飯を渡すようにという仕種をした。与惣松がにぎり飯を渡すと、それを口にした男は眼を輝やかせてオー、オーと感嘆の声をあげ、他の羅紗の衣服を着た男たちも近寄ってきてそれを口にし、うまそうに食べた。

光太夫は、島の原住民らしい鳥の皮の衣服をつけた男女と羅紗の服を着た男たちとは、生活その他すべてがかけはなれているのを感じた。

夜の闇《やみ》がひろがると、島民たちはしきりに言葉を交しながら去っていった。想像した通り、かれらは光太夫たちを見物にきたようだった。

羅紗の衣服を着た五人の男たちがしきりに話し合っていたが、頭立った男がなにか甲高《かんだか》い声で命じると山裾の方に去ってゆき、四人の男が残った。

光太夫たちは、洞穴内の少し高い所に伊勢大神宮と若宮八幡宮《はちまんぐう》の御札を安置し、砂地の上にふとんを敷き並べた。

身を横たえた光太夫は、夜明けからの出来事を反芻《はんすう》し、さまざまなことがあった一日だ、と思った。鼻と下唇から角をはやした女たちを獣かと恐れたが、それが特異な装身具であるらしいのを知った。鼻から角がはえていると思ったが、鼻の隔壁にうがたれた穴に獣の骨のようなものを通し、下唇にも同様のことをしていたのだ。彼女たちはそれを美しいと思っているのだろう。

風が強まり、砂が吹きつけてくる。光太夫は、ふとんの中にもぐりこんで眼を閉じた。

夜半に、磯《いそ》に打ち寄せる波の音に眼をさました。海は荒れている。洞穴の外に人影が見えた。驚いたことにそれは四人の男たちで、肩を寄せ合って坐《すわ》り、眠っているらしく頭を垂れている。なぜ、かれらはその場にいるのか。かれらの姿は、あたかも寝ずの番をしているように見えた。

四人の男を残して去った男のことを思いうかべた。その男の衣服は、他の者より上質で、頭立った者であることはあきらかだった。

かれは何事か他の男たちに命令口調で言って去っていったが、夜の間に島民たちが忍び寄って光太夫たちがたずさえている炊事道具その他をかすめ取られぬよう、監視を命じたのだろうか。信じがたいことであったが、かれらの坐っている姿を見ると、そうとしか思えなかった。

頭立った男は、漂着した自分たちを哀れに思い、保護しようとしているのか。光太夫は、その男の自分たちに寄せる好意を感じた。

夜が明け、起きて洞穴から出た光太夫は、なおも坐っている男たちに近寄ると、感謝の気持をつたえるためやさしく肩を何度もたたいた。

海に眼をむけた光太夫の口から、突然、短い叫び声がもれた。それを耳にした水主《かこ》たちが、洞穴から出てきて海を見つめた。碇《いかり》をおろして停止させていた「神昌丸」が、いつの間にかその位置からはなれ、少しはなれた岩礁《がんしょう》のかたわらで傾き、半ばまで沈んでいる。露出した船底が破壊され、さらに上部構造が分断して流され磯にのしあげられているのが見えた。船の碇綱が波にたたかれて切れ、船が押し流されて岩礁に突き当り、砕かれたにちがいなかった。

　磯には多くの島民たちが集まっていて、羅紗の衣服を着た四人の男たちも、立ち上ると磯の方に足を早めて歩いてゆく。かれらは、大破した船を指さしたりしながら甲高い声をあげている。

　光太夫は、無残な姿になった「神昌丸」を見るのが堪えられなかった。船を託された船頭として申訳なく、その場に立っているのが居たたまれなかった。水主たちは、悲痛な表情をして茫然《ぼうぜん》と立ちつくしている。光太夫はよろめくように歩き出し、洞穴の中に入ると横になり、ふとんをかぶった。砕かれた「神昌丸」の姿が眼に焼きついている。

　なぜ「神昌丸」は破砕してしまったのか。七カ月間も漂流し、その間何度となく激浪にさらされながらも船体は保たれ、この地までたどりついた。その堅牢《けんろう》さに感嘆していたが、昨夜、風波が激しかったとはいえ、これまで遭遇した時化《しけ》とは格段に弱く、それなのに坐礁《ざしょう》し船体が二分されたことが信じられなかった。船は、光太夫たちが乗っていたからこそ、原型を保っていたのか。全員が去った船は亡骸《なきがら》同然で、些細《ささい》な波にも碇綱を切断されて流され、岩礁にふれてあっけなく破砕されたのだろう。

　悲しみがつき上げ、かれは体をちぢめた。船を失った自分がみじめで、醜い船の姿を見るのが辛《つら》く、ふとんの中にもぐりつづけていた。

夕方になり、なにか物さわがしく、かれはふとんの中から顔を出してひそかに洞穴の外をうかがった。

洞穴の近くで昨夜見張りをしてくれた四人の男たちが、笑い声をあげたり手をたたいたりしている。かたわらに酒樽《さかだる》が置かれ、かれらは柄杓《ひしやく》で酒をすくって飲んでいる。それは、大破した「神昌丸」から持ち出したものにちがいなかった。

男たちはかなり酩酊《めいてい》していて声をはりあげて歌い、そのうちに二人が手をとり合って踊るようにもなった。まわりには、いつの間に集まったのか島民たちが、男たちの酔い痴《し》れた姿を見つめていた。

与惣松が夕飯のにぎり飯をくばり、光太夫は身を起して洞穴の外に出るとそれを口にした。

男たちを遠巻きにしていた島民たちの輪がくずれ、磯に分断してのしあげられた船体の方に急いでゆく。なにをするのか見ていると、船体の内部に入ったかれらが樽を持ち出すのが見えた。かれらは男たちが酒に酔っているのがうらやましく、樽を探し出したのだ。

樽を持ったかれらがもどってくると、島民たちがむらがった。

磯に置かれた樽の蓋《ふた》が打ち割られ、争うように手ですくって口に運んだ。

しかし、かれらは異様な声をあげて嘔吐《おうと》し、むせて吐き出す者もいた。

その樽には酒でなく尿が入っていた。風波が激しい折に船べりで小用を足すのが危険なので、船内に空樽を一つ置いてそれに放尿していたのだ。

咽喉《のど》を鳴らして吐く島民たちの姿に、水主たちは互いに体をつつき合って可笑しがり、沈鬱《ちんうつ》な気持になっていた光太夫も笑いがつき上げてくるのを感じた。しかし、笑い声をあげると、島民たちが怒り狂う恐れがあるように思え、光太夫たちは洞穴に入るとふとんを頭からかぶって、体をふるわせ笑っていた。

夜に入って島民たちは連れ立って去っていったが、酔った男たちの笑い声や歌声はつづいた。やがて酒も尽きたらしく、大声で話しながら遠ざかっていった。

横たわった水主たちは、時折り思い出すらしく忍び笑いをしていた。

その夜も、夜半に磯に寄せる波の音が大きくとどろいていた。

夜が明け、眼をさました光太夫は、磯に引き上げておいた艀《はしけ》が消えているのを見た。打ち寄せる波に海面にひき出され、流れ去ったにちがいなかった。光太夫は、すべてを失った虚脱感におそわれた。

しばらくすると、羅紗の衣服を着た五人の男が、島民たちとともに山裾《やますそ》をまわって近づいてきた。昨夜、酒を飲んだ四人の男たちは、酔いが残っているらしく眼が充血している。

頭立った男が光太夫の前に立つと、指で自分の胸を何度も突きさしながら、

「ニビジモフ、ニビジモフ」

という言葉を繰返した。

「ニビジモフ？」

光太夫は、男の顔を見つめた。

男は大きくうなずき、またニビジモフと言った。

光太夫は、ニビジモフとは男の名で、それを伝えようとしているのではないか、と思った。

事実かどうかたしかめるため、光太夫は男の仕種《しぐさ》をまねて指で自分の胸を突き、

「光太夫」

と、言ってみた。

「コダユ」

男が眼を輝やかせ、コダユ、コダユと繰返し、光太夫の手をつかむと笑いながらふった。

光太夫は、頬をゆるめた。思った通りニビジモフは男の名で、自分の名も伝えることができ、初めて男と意思が通じ合えたことが嬉《うれ》しかった。

「コダユ」

男は光太夫を指さし、自分を指さすとニビジモフと言って片眼をつぶってみせた。

ニビジモフは、来た方向に眼をむけ、なにか言うと光太夫の腕をつかみ、引っぱった。一緒に行こうという意味のようであった。船は破砕し艀は流失して、磯にとどまる必要はなくなっていた。男たちが好意をいだいていることは十分に察しられ、連れて行かれても危害を加えられることはない、と思った。

砂地の上に病臥《びょうが》している三五郎と次郎兵衛の身が、案じられた。男についてゆけば家もあるだろうし、夜露を防ぐこともできるだろう。男についてゆくべきだ、と光太夫は思った。

朝食をあわただしくすませ、洞穴からはなれることになった。

ニビジモフが島民にきびしい声をかけ、光太夫たちの米俵、夜具その他をかつぐよう命じた。さらに寝たきりの三五郎と次郎兵衛が病身であることにも気づいていたらしく、体格のよい島民にそれぞれ背負わせた。

光太夫たちは、ニビジモフたちとその場をはなれた。

船の残骸《ざんがい》に眼をむけた光太夫は、すぐに視線をそらせた。海にもどる手だては全く失われ、この島にとどまって生きてゆかねばならぬのを感じた。

人の列が山裾にそって進み、やがて傾斜のゆるい山道に入った。そこにも樹木はなく、所々に大きな岩が突き出ていた。

しばらく道をたどった時、前方から二人の男が歩いてくるのが見えた。光太夫たちは、喜びの声をあげて近寄った。それは小市と磯吉であった。

光太夫は、島民たちに連れられていった小市たちの身を案じていただけに二人の無事な姿に安堵《あんど》したが、他の三人がいないことに不安をおぼえた。眼の前に立った小市に、光太夫は新蔵たち三人はどうしたのか、とたずねた。

小市たち五人は、島民たちに連れてゆかれ、羅紗《ラシャ》の衣服を身につけた男たちに引渡された。小市たちは丘の斜面につくられた穴蔵のような家に入れられ食物もあたえられたが、男たちは槍《やり》、鉄砲を持ち、昨日、庄蔵、清七、新蔵をどこかに連れ去った。二人だけになった小市と磯吉は家をぬけ出し、光太夫たちに会いたいと思い、道をたどってきたという。

三人を連れ去ったという男たちは、その服装からしてニビジモフの部下にちがいなく、危害を加えることはないだろう、と光太夫は思った。

小市と磯吉をまじえて光太夫たちは、再び歩き出した。草ははえているが、樹木が全くないのが不思議であった。低い峠を越えると、前方に広場があり、そこに二軒のかなり大きな家が並んで建っているのが見えた。

広場に入った男たちは足をとめ、ニビジモフが右側の家に入るとすぐに出てきた。その動作から右手の家がニビジモフの住居で、左手の家に四人の男が住んでいるようだった。

ニビジモフが、光太夫たちに視線を走らせながら男たちと話し合っていたが、男の一人が光太夫の前に立つと、しきりに身ぶり手ぶりをした。光太夫たちは多人数なので、家の裏手にある建物にとりあえず入って過すように、と説明していることがわかった。

光太夫はうなずき、男に案内されて家の裏にまわって建物に入り、三五郎と次郎兵衛は島民に背負われて床に敷いたふとんに身を横たえた。その建物は倉にちがいなく、貯蔵食料らしい魚、雁《かり》、鴨《かも》等を干したものが積み上げられていて、そこから発する臭気が甚だしかった。しかし、夜露をしのぐことができるだけでもよしとしなければならぬ、と光太夫は思った。

その日の夕刻近く、清七、庄蔵、新蔵が姿を現わし、光太夫たちを喜ばせた。三人は海岸に連れてゆかれ、なすこともなく過し、光太夫たちのいる所に連れられてきたのだという。

全員がそろったことに、光太夫は安堵した。

その地での生活がはじまった。

島民たちは、ニビジモフたちに従属していることはあきらかで、代る代るやって来て下男のように働いていた。

近くに島民たちの集落があるようなので、光太夫は、水主たちと連れ立って行ってみた。土に深さ八尺（二・四メートル強）ほどの穴が掘られ、その上に草ぶきの屋根がさしかけられ、そこを住居としていた。海に出て魚介類をとって暮しているらしく、魚が縄に吊《つる》して干されている。雁を軒《のき》に吊している家もあった。

光太夫は、ニビジモフの口からしばしば「オロシイヤ」という言葉がもれるのを耳にした。光太夫は、北の海のかなたにロシアという国があるのを耳にしていたので、ニビジモフをロシア人らしいと思った。「神昌丸」が北へ北へと流され、そのような異国の地まで来てしまったことに暗澹《あんたん》とした思いであった。

ロシア人は、一尺ほどの魚を草の葉につつんで塩蒸しにしたものを常食にしていた。魚はアイナメに似ていて、ニビジモフはそれを光太夫たちにあたえ、さらに百合《ゆり》の根を煮たらしい白い汁を添えてくれた。病んだ三五郎と次郎兵衛は、それらの食物を受けつけなかったので与惣松が粥《かゆ》を煮てすすめていたが、それも少量口にするだけであった。

夕刻、身を起した三五郎が、一同に集まるよう手まねぎをした。かれは、水主たちがまわりに集まると光太夫に眼をむけ、

「あなたに言っておきたいことがある」

と、弱々しい声で言った。

「私をはじめこれら水主たちは、長年船に乗ってさまざまな苦難にも遭ってきた。それに比べてあなたは、たまたま船頭を代々ひきつぐ家の養子として船頭になり、渡海の経験も多くはない」

三五郎は息をつき、言葉をつづけた。

「裕福な家に生れ育ったあなたには、このたびの苦難はさぞかし耐えがたいものでありましょうし、私のみるところいずれは身も心もおしひしがれることは必定《ひつじょう》。今のうちに言い残すことを書き物にしたためておくとよいでしょう」

三五郎の眼には、涙がうかんでいる。

「水主たちのうち一人か二人は故郷へ帰れるかも知れず、その者に書いたものを託し

なさい。私たちはこのまま死に絶えても思い残すことはない身だが、あなたには家産もあり、死後の家の処置を遺書にくわしくしたためておくべきです」

三五郎は、それで口をつぐみ、坐《すわ》っているのが辛いらしくおもむろに身を横たえた。

光太夫は、初めて三五郎の自分に対していだいていた気持を知った。光太夫が養子に入った大黒屋は、代々船頭職をひきついでいることから光太夫も船頭職についたが、船乗りの経験は浅い。それに比べて三五郎は少年の頃から廻船に乗り、豊かな体験と知識で船親父《ふなおやじ》になっているが、かれにしてみれば光太夫はまことに心もとない存在であったにちがいない。しかし、三五郎は、あくまでも光太夫を船頭として立て、水主たちにも光太夫に服従するよう仕向けてきてくれた。

たしかに自分の死後、養家をどのようにすべきかは重要で、それを遺書にしたためておくようにという三五郎の配慮に、光太夫は深い感謝の念をいだいた。かれは、眼を閉じている三五郎の顔を見つめた。

その日、三五郎が口にした言葉は、死を覚悟していた三五郎の遺言でもあった。

八月八日の夕刻に三五郎の意識は失われ、体をゆすり声をかけても反応はない。光太夫は、三五郎の悴《せがれ》の磯吉たちと三五郎を見守っていたが、翌朝、三五郎は深く息を吸うと、それが最後で呼吸は停止した。

三五郎の体にとりついて号泣する磯吉の姿に、光太夫は声をあげて泣き、膝《ひざ》をそろえて坐る水主《かこ》たちの間からも泣き声が起った。三五郎六十六歳であった。

突然起った泣き声に、ロシア人たちがいぶかしそうに倉の中をのぞきこみ、すぐに事情を察したようだった。

水主たちが大きな盥《たらい》を探し出してきて、それに水を張った。遺体は痩《や》せこけ、骨が皮膚から浮き出ていて、光太夫は磯吉と遺体を盥に入れ泣きながら洗った。

ニビジモフが、神妙な表情をして長く大きな箱を島民たちにかつがせて倉に入ってきた。三五郎の遺体に両掌《りょうて》を合わせると、光太夫にむかってその箱を使うようにという仕種をした。あきらかに箱は棺《かん》で、故郷の風習では桶《おけ》を棺にして遺体をおさめるが、寝た姿の方が三五郎の霊も楽にちがいなく、ニビジモフの好意にこたえることにした。

洗い清めた遺体を綿布でくるみ、棺の中に横たえ、光太夫は小銭を入れた。

その夜は通夜《つや》をし、光太夫は磯吉たちと夜守りをした。

翌朝、光太夫はニビジモフに埋葬したいという仕種をしてみせ、ニビジモフはすぐに諒解《りょうかい》した。

水主たちが棺をかついで外に出ると、多くの島民たちが集まっていた。ニビジモフに導かれて棺は進み、その後から島民たちがつづいた。裏山の道をたどってゆくと、蘚苔類《せんたいるい》におおわれた空地があり、墓地らしく所々に石が置かれていた。

ニビジモフが島民たちにあらかじめ掘らせてあったらしく、縦長の穴が掘られていて、水主たちが棺をその中におろし、土をかぶせた。磯吉が、「勢州白子大黒屋光太夫船　船親父三五郎」と光太夫の書いた木標を盛土に突き立てた。光太夫たちは合掌した。いずこともわからぬ北辺の島の土中に埋葬された三五郎が、哀れであった。

磯吉は、毎日のように墓地に行き、一緒に行った光太夫は、水主たちと墓標の前に膝をついて合掌した。異境の地で父を失った磯吉の悲しみが思われ、墓の前で頭を垂れている磯吉の姿を見つめていた。

三五郎は、豊かな生活になじんだ光太夫が想像を絶した苦難に遠からず身も心もくじけてしまうだろう、と言った。たしかに大黒屋の当主として衣、食、住になんの不自由もなく過していた身には、長い漂流と異様な食物をわずかに口にできるだけの島での生活は、想像もしていない苛酷《かこく》なもので、これまで生きてこられたのが不思議であった。三五郎の言葉通り、やがては自分も三五郎と同じように体がむしばまれ、息絶えて島の土中に埋められる身になるのだ、と思った。

病臥しつづけていた船表賄方《ふなおもてまかないかた》の次郎兵衛の様子がおかしくなっていた。並んで横になっていた三五郎が死んだことで気落ちしたらしく、声をかけても返事をせず、その眼には深い絶望の光がうかび出ていた。

次郎兵衛に可愛《かわい》がられていた与惣松は、その枕《まくら》もとからはなれず、しきりに煮た粥をすすめていたが、ほとんど口にせず、顔は恐しいほど青かった。

その月の十九日には眼を閉じたまま弱々しく息をつくだけで、深夜の八ツ（午前二時）頃に冷くなった。与惣松は、声をあげて泣いた。次郎兵衛は、伊勢国桑名村（三重県桑名市）の出身で、口数の少い温和な船乗りであった。

再びニビジモフが棺を用意してくれて、水主たちはその中に綿布に包んだ次郎兵衛の遺体をおさめ、それをかついで三五郎の墓のかたわらに埋葬し、墓標も立てた。一カ月ほど前には船中で幾八が、島にあがってから三五郎についで次郎兵衛が病死したことに水主たちは暗澹とした表情をして、二つの墓標を無言で見つめていた。

次郎兵衛の死に、光太夫は、死が身近かなものに感じられてあらためて三五郎が遺言のように言った言葉が、しきりに思い起された。水主たちとちがって豊かな生活になじんできた自分は、遠からず身も心もくじけて死を迎えるのだろう。

その存在すら忘れがちの上乗りの作次郎を、光太夫は意識するようになった。作次郎は紀州藩から藩米の管理を委託されて「神昌丸」に乗った大百姓で、光太夫同様、なに不自由ない生活を送ってきた。そのような身に、漂流の末にたどりついた島での生活は、到底堪えがたいものにちがいない。作次郎は、言葉を発することもなく、うつろな眼をして頭を垂れていた。

船内に置いてきた米俵は、坐礁《ざしょう》の時に流失し、島にたずさえてきた米もほとんど尽きていた。これからは島民たちと同じ食物を口にしなければならず、なじめぬものだけに、自分たちの体がさらに衰弱してゆくことが予想された。水主たちの眼には、死への恐れが濃くうかぶようになっていた。

気温が低下しはじめ、日を追ってきびしさを増した。夜は早目にふとんに入ったが、体が温まらずなかなか寝つかれなかった。

十月に入ると寒気がさらにきびしくなり、温暖な伊勢国生れの光太夫たちには経験したことのない寒さであった。夜半には余りの冷気にしばしば眼をさます。桶に入れた水には厚い氷が張り、朝、それをくだくのが日課になった。風邪をひく者が続出し、高熱を発して終日ふとんに身を横たえる者が多くなった。

重ね着をしていた光太夫も咳《せき》をするようになり、水主たちの間にはさまって体をちぢめて寝ていた。ニビジモフをはじめロシア人たちが、気づかわしげに倉をのぞき、百合の根を煮た汁をとどけてくれたりした。

十月十六日、またも死者が出た。伊豆国賀茂《かも》郡子浦《こうら》（静岡県南伊豆町子浦）出身の安五郎で、冬も暖い伊豆で生れ育っただけに寒気に対する耐久力がなかったらしく、激しい咳込み方をたえずしていて胸痛にもだえつづけ、息絶えたのだ。

死顔は白く、わずかに口もとをゆるめていた。

安五郎が死亡してから七日後に、上乗りの作次郎が安五郎と同様の症状で息を引取った。光太夫は、悲痛な思いでその死顔を見つめていた。豊かな百姓であった作次郎には思いもかけぬ苦難の連続で、船に乗っていた時には絶えず船酔いにかかって衰弱し、島のきびしい寒気にさらされてもろくも死を迎えたのだ。乗船した折にはふっくらとしていた顔が、別人のように頰がこけていた。

寒気はさらに増して、それは想像の域をはるかに越えた恐るべきものであった。髭《ひげ》はのび放題であったが、呼気のふれる部分が凍りつき白くなっていた。ロシア人や島民にならって頭や顔を綿布で厚くおおっていたが、冷気が棘《とげ》のように刺し、痛い。朝起きると、息のあたるふとんの衿《えり》が氷におおわれているのが常であった。倉の内壁が一面に光っているのは、光太夫たちの呼気が結露し氷化しているからであった。

川はもとより海も凍結し、はるか遠くの沖まで分厚い氷に閉ざされていた。岸に引きあげられている島民の小舟も氷におおわれ、島民たちは氷の上を橇《そり》を走らせていた。

光太夫たちは、ニビジモフから倉に貯蔵された魚の干物を少量ずつわけてもらって飢えをしのいでいた。絶えず空腹で体力は失《う》せ、歩くのも困難であった。かれらは、倉の中で互いに体温を交し合うように寄りかたまって過していた。

十二月十七日の明け方七ツ（午前四時）、清七が息絶えた。光太夫と同じ若松村の出身で、寒さに耐えられず常に身をふるわせている水主であった。墓地も氷におおわれていて、それをくだいて土を掘ると水蒸気が白くあがった。棺は穴の中におろされた。

さらに三日後の朝には、長次郎が冷くなっていた。志摩国小浜村（三重県鳥羽市小浜）の出身で、咳と胸痛におそわれ、衰弱が甚しかった。

光太夫は、相つぐ水主たちの死に深い絶望感にとらわれていた。

白子浦を出船した時は、自分をふくめて十七名であったが、わずか五カ月の間に七名がつぎつぎに死亡した。かれらは口になじまぬ劣悪な食物で体をそこね、さらに寒気にさらされて死を迎えた。それは、明日の自分たちの運命をしめすものに思えた。

日誌をつけている光太夫は、年があらたまったのを知った。

降雪の日が多く、風が起ると地表をおおう雪が一斉に粉のように舞いあがり、白く煙って視野は閉ざされた。吹雪が数日つづくこともあった。

氷雪に閉ざされているのでロシア人たちはどこに行くこともせず家にとじこもっていて、時折り倉にやってきた。

或《あ》る日の夕方、入ってきた中年のロシア人が、布袋と木製の管のようなものを光太夫の前に突き出し、

「タンバコ、タンバコ」

と、言った。

男は布袋から茶色いものを取り出し、管の先端につめると炉の火につけ、光太夫にすえという仕種《しぐさ》をした。それは煙草《たばこ》にちがいなく、うながされるままに管を手にしてすってみた。たしかに煙草の香がしたが、強烈な刺戟《しげき》がしてかれはむせた。漂流以来長い間煙草をすったことはないので眼がくらんだ。

男はなおもすえとうながし、光太夫は自分の煙管《きせる》を取り出し、煙草をつめてすってみた。うまくはなかったが、気分はよく、かれは男にむかって何度もうなずいた。男は嬉《うれ》しそうに笑い、布袋と管を手にして出ていった。

男はたしかに煙草をタンバコと言った。日本の言葉と同じであるのが不思議で、国それぞれに独自の言語があるものの、偶然かも知れぬが共通したものもあるらしい。これまでかれらの口にする言葉の意味が全くわからず、手ぶり身ぶりでそれと察するだけであったが、異国の地で生きてゆくには、その国の言葉を少しでも知るようにつとめる必要がある、と思った。

かれは日誌に、タンバコは煙草のこと也《なり》と書きとめた。

かれは、ロシア人がしばしばエト・チョワという言葉を口にすることに気づいていた。物珍しそうに鍋《なべ》、釜《かま》、俎板《まないた》などを指さし、エト・チョワと言う。

それは、どういう意味なのか。

光太夫がそのことを水主たちに話すと、かれらはたしかにロシア人がその言葉をしきりに口にする、と言った。水主たちが、光太夫のまわりに集まってきた。

「どういう意味の言葉だと思う」

光太夫は、水主たちを見まわした。退屈しのぎの謎解《なぞと》き遊びのような気分であったが、ロシア語を一語でも知りたいという気持が強かった。

水主たちは思案するように腕をくんだりしていたが、一人が、

「これを欲しい、という言葉ではないのかね」

と、つぶやくように言った。

鍋、釜はロシア人たちには珍しく、それを欲しがる気持はわかる。しかし、光太夫たちの着る綿入れや足袋を指さしてもエト・チョワと言う。それらがなければ凍え死ぬことをかれらも知っていて、欲しがることはないはずであり、その解釈は当らないということになった。

水主たちは首をかしげて考え、視線を宙にむけたりしている。かれらの顔には真剣な表情がうかんでいた。

「良い、という意味ではないのかな」

水主の一人が、沈黙を破った。

光太夫は考えた。たしかに携えてきた鍋、釜の類《たぐ》いはロシア人たちが使用しているものより機能にすぐれ、良い器具だと言っているのかも知れない。

「それはちがう。私たちの着ている着物を指さしてエト・チョワと言うが、これが良い着物か」

その水主は、笑いながら自分の着物の破れ目に指をさし込んだ。綿入れは所々破れて綿が露出し、布地そのものも汚れている。

光太夫たちは、笑った。

「それではむさ苦しい、と言っているのかな」

他の水主が、苦笑しながら言った。

これにも反対の意見が出た。ロシア人たちは薄汚れてはいるものの分厚い羅紗《ラシャ》の衣服を身につけていて、水主たちの着物より質は良い。しかし、島民たちは鳥の羽をつづった衣服やなにかわからぬ革の衣を身につけていて、それは衣服ともつかぬ粗悪なものであった。そのような島民のまとっているものと比べれば、破れ汚れてはいても自分たちの着物の方がまさっていて、それをロシア人たちがことさらむさ苦しいと言うとも思えない。

エト・チョワ、と光太夫は胸の中で繰返しつぶやいた。ロシア人の統率者がニビジモフという名であり、この島がロシアに所属する島であることを知ったのだから、ロシア人のしばしば口にするその言葉の意味を知りたかった。

かれは、思案した。

磯吉が、口を開いた。

「その言葉の意味をあれこれ考えてみても、はじまりませんよ。ロシア人たちは、物を指さしてエト・チョワと言う。それならこちらもなにかを指さしてエト・チョワと言ってみれば、なにかわかるかも知れません。いかがですか」

磯吉は十九歳と若く、考え方が柔軟で頭の回転もはやい。こちらからエト・チョワと声をかけ、ロシア人の反応をうかがえばなにかわかるかも知れない。

「それなら磯吉、ロシア人にその言葉を使ってみろ」

光太夫は、真剣な眼をして言った。

その時、ロシア人が魚の干物をとりに倉に入ってきた。

磯吉は近づくと、床に置かれた鍋を指さし、

「エト・チョワ」

と、探るような眼をして声をかけた。

ロシア人は驚いたように眼をみはり、磯吉の顔を見つめた。これまで身ぶり手ぶりをするだけだった漂民が、突然ロシア語を口にしたことに呆気《あっけ》にとられたようだった。

「エト・チョワ」

磯吉が再び口を開き、鍋を指さした。

ロシア人は戸惑ったような表情をして少しの間口をつぐんでいたが、鍋に眼をむけると、

「コチョウ」

と、言った。

光太夫たちは、ロシア人に視線を据えた。

磯吉は、ロシア人を食い入るような眼で見つめ、鍋のかたわらに膝《ひざ》をつくとそれに手をふれて、

「エト・チョワ」

と、念を押すように甲高い声をあげた。

「コチョウ」

ロシア人が、再び同じ言葉を口にした。

磯吉の眼が光り、鍋を突つきながら、

「コチョウ？　コチョウ？」

と繰返し、ロシア人の顔を見守った。

ロシア人は、うなずいた。

光太夫たちに顔をむけた磯吉の眼が輝やき、口もとをゆるめている。

ロシア人は、扁平《へんぺい》な魚の干物をかかえて倉から出て行った。

磯吉が、

「これはコチョウ。鍋はオロシア語でコチョウと言うのですよ」

と、はずんだ声をあげた。

磯吉とロシア人とのやりとりを見守っていた光太夫は、磯吉の言う通り鍋はオロシア語でコチョウと言うのだ、と思った。他の者も一様にうなずいていた。

「するとエト・チョワとは、これはなんであるかと問う言葉だ」

光太夫が、結論づけるように言った。

「まちがいありません。磯吉が鍋を何度も指さしてエト・チョワと言ったら、その度にコチョウと答えたのですから……」

小市が、断言するように言った。

光太夫は、磯吉の機転ではからずもいい言葉を知った、と思った。これからどれほどロシアに逗留《とうりゅう》するかも知れず、生きつづけるためにはロシア人の発する言葉の意味を知る必要がある。エト・チョワという言葉がこれはなんぞやと問う言葉であるなら、物を指さしエト・チョワとたずねれば、ロシア語でどのように言うのか知ることができる。

闇《やみ》の中に突然明るい光明がさしたような気持であった。今日からエト・チョワを連発すれば、ロシア語の語彙《ごい》は増す。かれは日誌に、コチョウとは鍋のこと也と記した。

無気力に日を過していた光太夫たちにとって、エト・チョワというロシア語の意味を知ったことは一つの大きな刺戟になった。

まず磯吉がその言葉を使うため倉から出てゆき、他の水主《かこ》たちもそれにつづいた。

果してエト・チョワとは、これはなんぞやと問う言葉であるのかどうか、光太夫には一抹《いちまつ》の不安があった。しかし、不安はすぐに解消した。

与惣松が可笑《おか》しそうな眼をしてもどってくると、自分の鼻をつまんで、

「ノス、ノス」

と、言った。与惣松がロシア人に鼻を指さしてエト・チョワと言うと、ノスと答えたという。与惣松は面白くてたまらぬらしく、再び倉を小走りに出ていった。

磯吉をはじめ水主たちは、時々もどってきては眼を輝やかせながら報告する。その度に光太夫は、その言葉を片仮名文字で紙に書きとめた。口はロート、頭はゴロワ、顔はリチオ、唇はグボイ、眉《まゆ》はボロウェ、足はノガ。器物の名称では、筆はペラ、頭《ず》巾《きん》はカウパアカ、盥《たらい》はムツェ、水はボダー。

その日の夕食時には、久しぶりに笑い声も起った。

光太夫が書きとめたロシア語を口にすると、水主たちはそれをおぼえようとして声をそろえてつぶやく。額はロープだと言うと、自分の額をおどけたように掌《てのひら》でたたいてロープと声をあげる者もいた。

翌日から水主たちは、ロシア人のもとに行ってはエト・チョワを口にし、ロシア人も教えることを面白がって答えているようだった。中には、ロシア人から着物をつまれてエト・チョワとたずねられた者もいたという。

水主たちはもっぱら物品の名称をたずねていたが、そのうちに表現にも及んで、大きいがボリショーイ、かたじけなしがスパシーボであることなども知った。

春がやってきて、海をおおっていた氷がとけた。

光太夫が書きとめたロシア語の数はかなりの量になり、水主たちはそれをおぼえることにつとめた。そのためロシア人たちと簡単なことでは意思が通じ合うようになった。

ロシア人たちとの言葉の交流がさかんになって、光太夫たちは自分たちの置かれている立場も少しずつ理解した。まず自分たちのとどまる島がアミシャツカ（アリューシャン列島のアムチトカ）島と言い、ロシア本国からはるか東方に位置することも知った。ロシア人と島民との関係については、上陸以来島民がロシア人に従属していることをうすうす感じていたが、その理由についても知るようになった。

近くの島々には、ラッコという海獣が多くいて、島民は革でつくった小舟を出して捕殺する。ラッコの毛皮はロシア本国で貴重品として扱われ、そのためロシア商人が進出した。ニビジモフは、本国の豪商から派遣された手代らしく、部下とともにこの島を拠点としてラッコの毛皮を集めることに専念している。

かれは、島民を督励《とくれい》してラッコの毛皮を入手し、その代償として島民に物品をあたえている。樹木がなく植物の少い島では、食料と言えば魚と百合《ゆり》の根程度で、ニビジモフはかれらに本国から船で送られてきた穀物をあたえ、さらにそれ以外の生活必需品も渡している。いわば、島民の生活はニビジモフのあたえる物品によって支えられ、自然に島民はニビジモフらロシア人に従属する形になっている。ニビジモフは、事実上の島の支配者であった。

倉で過していた光太夫たちは、やがてニビジモフの部下たちの起居する家に移った。土間の部屋に床を張り、光太夫たちが住めるようにしてくれたのだ。島に樹木が全くないので、床に張った材は海岸に寄せられるおびただしい流木の中から選んだものであった。

光太夫は一方的にニビジモフの世話になっているのが心苦しく、食料を自分たちで調達するようにもなった。島民たちは、ニビジモフが毛皮と交換で渡してくれる牛、馬の皮でつくった革船に乗って、シテリーカという穂先が石の銛《もり》で魚を突く。それは特殊な技倆《ぎりよう》を要して光太夫たちには無理なので、光太夫たちは磯《いそ》に出て、かれらの教えてくれた方法で魚を釣った。針は魚の骨をえらんでつくられたもので、釣糸は海獣の筋を裂いたものが使用され、餌《えさ》は魚の皮であった。

アイナメに似た魚がおびただしく群れていて、そのような道具でもよく釣れた。それらは、海水と真水を等分にしたもので煮て食べた。

四月末から雁《かり》が渡ってきて卵を産む。島民たちは、銛で雁を突き、岩の間にある巣の卵を拾う。かれらは、短時間に四、五百個の卵を籠《かご》に入れて持ち帰る。

水主たちは、島民をまねて卵をあさって歩いたが、産んでいる場所を探すのがむずかしく数個拾うのがやっとであった。卵の中には孵化《ふか》寸前のものもあって、すでに雛《ひな》の形をしたものが入っている卵もあった。それらの選別の仕方も島民に教えてもらい、水を張った桶《おけ》の中に拾ってきた卵をすべて沈める。食べるのに適した卵は沈んで横になり、孵《かえ》りかかった卵は傾き、雛の形をしたものが入った卵は縦になって立つ。その方法で食料にする卵をえらんで口にした。

島に上陸する時、「神昌丸」から岸に運んだ薪《まき》は早くに尽き、ロシア人の指示で海岸に打ち寄せられている流木を運び込んで薪にしていた。島には長さ五尺（一・五メートル強）ほどの薄《すすき》に似た植物が密生していて、枯葉は白く柔らかでこれを火を熾《おこ》すのに使用する。その枯葉に島で採れるチュクウという硫黄をふりかけ、燧石《ひうちいし》をたたき合わせると、すぐに小さな炎がひらめく。その火を柴《しば》に移し、流木を燃やす。冬季には、夜間も火を絶やさぬようにした。

雁が去りはじめ、光太夫は、空をおおうように群れをなして南の空に飛んでゆく雁を眺めた。その方向に故国があることを思うと、雁がうらやましくてならなかった。

九月に入ると、にわかに気温が低下し、雪も降るようになった。桶に入れた水にも厚い氷が張った。

藤助が高熱を発して咳込《せきこ》み、胸の痛みに顔をゆがめていた。かれは若松村の出身で、同じ村の生れでことに仲良くしていた磯吉が、絶えず水にひたした手拭《てぬぐい》を額にあてたり汗をぬぐったりして看病した。しかし、熱はさがらず激しく喘《あえ》ぎ、やがて意識が混濁した。

光太夫たちが見守る中を九月晦日《みそか》、藤助は死去した。二十五歳であった。

年齢が若い藤助の死は、光太夫たちに衝撃をあたえた。白子浦を出船した折には十七人であったが、ほぼ半数の八名がつぎつぎに死亡し、光太夫は身の細るような悲しみをおぼえた。藤助の死顔はかすかに笑っているようなおだやかなもので、苦しみにみちた日々から解き放たれた安らぎが感じられる。その顔を見つめた光太夫は、あらためて死の世界に身を入れた方が幸せなのだ、と思った。

やがて海は氷に閉ざされ、光太夫たちは氷雪の中で冷気にさらされながら日を過した。

年が明けると寒気はさらにきびしく、このような寒冷の地に古くから代々島民が住みついているのが不思議に思えた。光太夫は、梅、桜が咲き夏草が生いしげる故郷を想《おも》い、この島に比べれば極楽浄土だ、と思った。

海の氷が消えた頃、光太夫たちは島民たちの革舟に乗って近くのナキリイシ、ナッキスカ、チュク、ウニヤキなどという島々に渡った。徒食するのが辛《つら》く、少しでもニビジモフのために働きたいと思ったのだ。

それらの島々は、ラッコ猟の根拠地になっていて、島民たちが捕殺したラッコを揚げる。ラッコは美しい艶《つや》のあるしなやかな体毛におおわれていて、光太夫たちは島民たちに教えられて体を開いて内臓を取り除き、皮の内側を小刀でなめす。それらは入念に洗い清められ、干された。島民たちの話によるとラッコは年々数が少くなり、さらに本国からロシア船がこなくなって交換品を手にする量が少くなっているという。

島民たちは、危機感をいだいているようだった。

光太夫たちの着ている綿入れは、衣服とは程遠い無残なものになっていた。布は至る所破れてそこから露出していた綿も少くなり、襤褸《ぼろ》さながらであった。島民たちは、羽のついた鳥の皮をつづった衣服や革でつくった縕袍《どてら》のようなものを身につけている。革はトドという巨大な海獣を捕殺して入手したものだという。

光太夫は、島民の頭立《かしらだ》った者に申入れた。綿入れはすでに衣服の役割りはせず、これからやってくる冬の寒気になんの役にも立たないので、ぜひとも羽衣か革衣をゆずって欲しい、と懇願した。

頭立った者は、光太夫たちの着ている綿入れに視線を走らせていたが、無言でうなずくと島民たちに声をかけ、余分のものがあったら渡してやるように、と言った。近寄ってきた島民たちは布と綿でつくった綿入れが珍しいらしく、それと交換に羽衣や革衣を渡してくれた。

光太夫は革衣を身につけた。ひどく重かったが、冬の寒さはしのげそうに思え、満足だった。

やがて猟が終了し、光太夫たちは島民たちとラッコの毛皮をのせた舟に分乗してアミシャツカ島にもどった。ニビジモフらロシア人たちは、光太夫たちが島民と同じ衣服を身につけているのに驚き、可笑しそうに口もとをゆるめていた。

島民たちは、ラッコの毛皮をニビジモフの指示に従って倉に運び入れた。

島が異様な空気につつまれたのは、それから数日後であった。

島民が数人連れ立ってやってきて、ロシア人にすがりつくような眼をしてなにか話しかけていたが、ロシア人たちはしきりに首をふって拒否する仕種《しぐさ》をし、立ち去れというように荒々しく手をふる様子もみせた。

その後も島民たちはしばしばやってくると、哀願するようになにか訴え、膝《ひざ》をついて掌《て》を合わせる者もいた。島民たちの姿には切迫したものが感じられ、光太夫は息苦しさを感じた。

島民たちがラッコの毛皮と交換にあたえられる生活必需品を渡してくれるよう頼み込んでいるらしいことが、光太夫にもわかった。それらは島民の生活を支えるもので、かれらは必死なのだ。ロシア人が渡さぬのはそれらの物品が乏しいからなのか、それとも意識して渡そうとしないのか。

そのうちに島民の重立った者たち十数名がやって来た。中央に立っている長身の男は服装から察して首長のようで、威厳のある顔立ちをしていた。かれらはそれまでの島民たちとちがって哀願するような様子はみせず、きわめて険しい表情をしていた。

島民の一人が、ロシア人にニビジモフに会うことを強く要求したらしく、ニビジモフが家の中から姿を見せた。

男が詰問《きつもん》口調でなにかニビジモフに言い、ニビジモフはかたい表情で男を見つめている。首長をはじめ男たちは身じろぎもせず、ニビジモフに視線を据えていた。

ニビジモフが急に大きな声をあげ、あたりを歩きまわりながら激しい口調で拒否する言葉を繰返した。顔は紅潮し、男たちに拳《こぶし》を突き出すようなこともした。

男たちは無言でニビジモフの言葉をきいていたが、首長が背をむけて歩き出すと、男たちもそれに従って去っていった。

ニビジモフらと島民たちの応酬を眺めていた光太夫は、ただならぬものを感じた。これまで島民たちは、ひたすらロシア人たちに従順な姿勢をとりつづけていたが、首長を守護するようにかこんだかれらの顔には、一様に苛立《いらだ》ちと憤《いきどお》りの表情がうかんでいた。これまでロシア人と島民の間には一応調和らしいものが保たれていたが、ここにきてそれがにわかに崩れているのを感じた。

島の空気が乱れるのは、光太夫たちにとって好ましいことではなかった。ニビジモフからは少量ながらも食料をあたえられて飢えをしのぎ、島民たちともなじんで衣服をわけてもらい、親しくなった者も多い。いずれにも世話になっていることで生きていられるのだが、両者の維持されてきた均衡が破れるのは、自分たちの生命をおびやかすことにもなりかねない。

ラッコの毛皮を渡した島民たちは、当然の権利として生活必需品を強く求めている。それを拒絶するニビジモフの態度は、少しの妥協も許さぬたけだけしいものであった。あらためてニビジモフの権勢がいかに強大なものであるかを感じたが、光太夫は、自然にロシア人たちの一室に住む島民の女のことを思いうかべていた。

光太夫がその女の存在に気づいたのは、倉からロシア人四人の住む家に移った時だった。光太夫たちはいくつかの部屋に別れて起居するようになったが、女は光太夫の寝る部屋の仕切り一つへだてた隣室に身を置いていた。初めは下女として雇われた島民の女と思っていたが、娘はニビジモフの家にひんぱんに出入りし、夜も朝まで帰らぬことが多い。光太夫は、ニビジモフとロシア人たちの娘を見る眼の色から、娘がニビジモフと特殊な関係を持っているのを知るようになった。

娘は、島民の女たちとは異なって鼻と下唇に獣骨の装飾はせず、衣服もニビジモフがあたえたらしい羅紗《ラシャ》を縫い合わせたものを身につけていた。肌が青みをおびているほど白く、目鼻立ちがととのっている。ニビジモフは数年前からこの島にとどまっているようだが、三十歳前後のかれは性をみたす対象として島民の娘を身近に置いているのだろう。恐らくなにかの物品と交換に妾《めかけ》にしたにちがいなかった。

そのうちに磯吉が、娘の素姓について思いがけぬ話を耳にしてきた。ロシア人が身ぶり手ぶりをまじえてひそかにつたえたところによると、娘はオニインシという名で、島民の首長の娘だという。信じがたいことで、光太夫は磯吉のききまちがえだと思ったが、磯吉は、まちがいないと言った。オニインシはニビジモフに常に甘えたような素振りをみせ、ニビジモフもオニインシの手をつかんで共に家に入ってゆくようなこともする。ニビジモフは島民を完全に支配し、首長の娘を差出させたにちがいなかった。首長は深い悲しみをいだいているはずだが、ニビジモフにさからうことはできないらしい。光太夫は、やり切れない思いがした。

首長が、重立った男たちとニビジモフに追いはらわれるようにして去った日の夜半、寝ていた光太夫は、かすかな人の気配に眼をさました。

隣りの部屋に二つの人影がひそかに入るのが見えた。蠟燭《ろうそく》の淡い灯に、ニビジモフの部下であるステッパノとカジモフの顔がうかび上っていた。二人は、部屋の入口に立ってオニインシが身を横たえている寝台に眼をむけている。光太夫は、胸の動悸《どうき》がたかまるのを感じ、薄目をあけて見つめていた。

二人の体が動き、音も立てずに寝台に近づいてゆく。かれらはなにをしようとしているのか、オニインシは気づかぬらしく、身動きもせず仰向けに寝ている。光太夫の眼に、大胆にも一人が寝台にひそかにあがり、他の者もそれにつづくのが映った。二人がオニインシに淫《みだ》らな行為をはたらこうとしているように思え、光太夫の胸の鼓動がさらにたかまった。

光太夫は、二人が同時にオニインシの体の上にまたがったことに思わず声をあげそうになった。オニインシは気づいたはずだが、恐怖で声が出ないらしく身じろぎもしない。一人の手が不意にのびてオニインシの首をつかみ、他の男が両手を腹部にあてて体重をのしかけて押すのが見えた。

初めてオニインシの口から、うっという声がもれ、首をつかんだ男が歯を食いしばって強くしめつけている。ぼきっという音がしたのは頸骨《けいこつ》が折れたからか。二人は、しばらく体にまたがったままオニインシの顔を見つめ、オニインシの体は動かない。

やがて二人は、オニインシの首と腹部から手をはなし、寝台からおりた。しばらくオニインシの顔を眺め、背をむけると部屋をひそかに出ていった。

光太夫の体にふるえが起っていた。骨の折れたらしい音が耳の奥に残っている。かれは、静止したオニインシの体を見つめていた。

長い時間が過ぎた。窓の外がかすかに明るみをおび、夜明けが近づいているのを知った。

物音がし、またも人影が隣室に見え、ひそかに入った一人の男が寝台に近づいてゆく。蠟燭の淡い灯にうかび出たのは、意外にも小市の顔であった。

寝台のかたわらに立った小市がオニインシの体を寝台から引きずりおろし、肩にかついだ。光太夫には、なにがなんであるのかわからず、小市が静かに部屋から出てゆくのを見送った。

光太夫の頭は、錯乱した。なぜステッパノとカジモフがオニインシを殺害したのか。さらに小市がオニインシの死体をかついで出ていったことも不可解であった。

夜が明け、光太夫は身を起した。胸の動悸がまだ残っている。悪夢を見たような思いであったが、それは現実に眼にした情景で、寝台にオニインシの体はなかった。

その日の夕方、光太夫たちは寄り集まって食事をとった。光太夫は、ひそかに小市の表情をうかがった。小市はかたい表情をして無言で食物を口に運んでいる。オニインシの死体をかついで部屋を出ていった小市の姿が、眼に焼きついている。なぜ小市はそのようなことをしたのか。

光太夫は、船頭として水主《かこ》たちの行動をすべて把握しておかねばならぬ立場にある。生き残った九人は、互いに包みかくすことなく心を一つにして生きてゆかねばならない。

食事を終えた光太夫は、

「小市」

と声をかけ、腰をあげた。

家を出て白い薄《すすき》の群落の方に足をむけた光太夫の後から、小市がついてくる。足をとめて振返った光太夫は、小市と向き合った。

「なぜ呼んだか、わかっているな」

光太夫は、小市の眼を見つめた。

小市は無言で立っていたが、かすかにうなずいた。

「私は、ステッパノとカジモフがオニインシを殺《あや》めるのを、空寝《そらね》をして見ていた。恐しい情景だった」

光太夫は、思い返すように顔をゆがめた。

「それからしばらくしてお前が入ってきた。どれほど驚いたことか。お前が死体をかついで出てゆくのを、夢を見ているような思いで見つめていた。頭が混乱し、それは今も変りはない。なぜあんなことをしたのだ。船頭として知っておかねばならない」

光太夫は、語気を強めた。

小市は視線を落し、しばらく黙っていたが、

「ステッパノ、カジモフの二人に頼まれました」

と、言った。

時折り眼を伏せながら小市が話しはじめ、光太夫は小市の顔を見つめながらきいていた。

深夜、寝ていた小市はカジモフに起され、ステッパノの部屋に連れてゆかれた。二人はオニインシを殺したことを告げ、死体を人眼につかぬ所に埋めるように、と言った。かれらの形相はけわしく、もしも拒めば殺されそうな恐れを感じて承諾した。

小市は、オニインシの部屋に行って死体をかつぎ、ひそかに山中に入って岩かげに穴を掘り、埋めたという。

小市は深く息をつき、顔をあげた。光太夫は、小市がありのままを口にしてくれたことが嬉《うれ》しかった。

「なぜあの二人は、オニインシを殺したのだろう」

光太夫は、首をかしげた。

「ニビジモフの命令だ、と言っていました」

「ニビジモフの？」

「そうです。ニビジモフが命じたことだというので、もしも拒んだら私もオニインシ同様殺されると思ったのです」

小市の顔に、恐怖の色がうかんだ。

たしかに小市が恐れをいだいたのも無理はない。小市を殺すことはないにしても、腹を立てたニビジモフが光太夫たちに食物をあたえるのをやめる確率はたかく、それは光太夫たちの餓死にむすびつく。

「それにしても、なぜ妾としてかこっているオニインシを、二人に殺させたのか」

光太夫は、小市を見つめた。

「そのことですが、ステッパノとカジモフは、しきりにオニインシは悪い女だ、悪い女だと繰返し言っていました」

「なぜだ」

「島民たちが押しかけてきたのは、オニインシがそそのかしたからだと言うのです」

「そそのかす？」

「オニインシが島民たちの背中を強く押した、というような仕種を何度もしていました」

なぜそそのかすようなことをしたのか、小市にたずねても無理だということを光太夫は知っていた。小市はただステッパノとカジモフが、そのような言葉を身ぶり手ぶりで口にしたのをきいただけなのだ。

想像できるのは、オニインシがなにかを父である首長に内通したとニビジモフが疑い、それに激怒して部下を使って殺させたのだろうか。なにか、とは、恐らくニビジモフがラッコの毛皮の代償である生活必需品を島民に決して渡す意志がないことを知ったからにちがいない。オニインシは、肉体をニビジモフの思うままにまかせてはいるものの、島民を搾取《さくしゅ》していることに憎悪《ぞうお》をいだき、ニビジモフもそれを薄々察していて、首長たちが押しかけてきたことを内通したからだと思い込み、激怒したのかも知れない。それにしてもオニインシを殺したということは尋常ではなく、ニビジモフの人間性に恐れをおぼえた。

容易ならざる事態だ、と思った。ラッコ猟からもどった島民たちは、島に残しておいた女、子供たちの食料が尽きているのを知って驚き、食料を寄越せと言って押しかけてきたのだろう。飢えは眼前にせまり、島民たちは死の恐怖にかられているが、ニビジモフはかたくなに食料をあたえることを拒否した。

ニビジモフのもとでは、何人かの島民が下男のように働いている。殺害は秘密裡《り》におこなわれはしたが、かれらはオニインシが殺されたことを察し、すぐに首長に内報したにちがいない。非情なニビジモフに対して憤りをいだいている島民たちは、その死を知って激昂《げっこう》し、思い切った行動に出るだろう。

かれらはラッコや狐《きつね》を捕殺する銛《もり》を多量に持っていて、それらを手にニビジモフらロシア人を襲うことが十分に考えられる。光太夫は、島に上陸してから初めて危険な立場に身を置いているのを感じた。

島民たちとはラッコ猟の手伝いをしたことで親しくなりはしたものの、かれらは基本的に自分たちをニビジモフの側に立つ人間と考えている。襲ってくるかれらは、ニビジモフらロシア人とともに自分たちも殺すはずであった。

小市とともに家にもどった光太夫は、倉に水主たちを集めた。かれは、飢えた島民たちがニビジモフと激しく対立し、さらにニビジモフが首長の娘を殺害させたことはすでに島民側の知るところとなっているはずだ、ときびしい表情で言った。

水主たちは顔を青ざめさせ、ニビジモフの非道さをなじる声もあがった。

「油断はするな。しっかりと心構えをしておくように……」

光太夫は、きつい口調で言った。

翌日の夕方、光太夫の危惧《きぐ》は的中し、ロシア人が光太夫たちの住む部屋に足音も荒々しくやってくると、手を振りながら叫んだ。来い、すぐに来いというロシア語だった。その言葉に、光太夫は島民が不穏な動きに出たのを感じた。

光太夫は、水主たちとロシア人の後について二ビジモフの住居の前に行った。そこにはニビジモフをはじめロシア人たちがけわしい眼をして集まり、一人残らず鉄砲を手にしていた。

光太夫たちの姿を眼にしたニビジモフが近づいてくると、うわずった声をかけてきた。口早やの言葉に、光太夫はニビジモフの顔を見つめながらその意味をつかむことにつとめた。それは、今夜、島民たちが自分たちを殺すため押しかけてくるので、光太夫たちも槍《やり》を持って防戦して欲しいという意味のようであった。

光太夫がうなずくと、ニビジモフは部下に命じて家から槍をかかえてこさせ、光太夫たち一人一人に渡した。

槍を手にした光太夫は、島民たちと戦う破目になったことに複雑な思いがした。島民たちと敵対する気持はなく、出来るならば中立の立場に身を置いていたかった。しかし、これまで飢えることもなく保護してきてくれたニビジモフには恩義があり、かれをふくむロシア人を殺そうと襲ってくる島民と戦うのもやむを得ない、と思った。

ニビジモフが島民たちの襲来を察知したのはなぜなのか。ニビジモフの権勢は島民の間に深く浸透していて、島民の中に内報者がいたにちがいない。集落から通ってきている下男の島民の姿は一人も見えないが、かれらのだれかがひそかに伝えたのだろう。

ニビジモフたちは、住居から出してきた椅子《いす》や箱に腰をおろして銃をかかえ、島民の集落の方向に眼をむけている。光太夫たちはその後ろに立っていた。動くものはなく、深い静寂がひろがっている。

あたりが薄暗くなりはじめた頃、前方に人影が湧《わ》き、それがにわかに数を増した。ニビジモフらが立ち上り、かれらの間から「来夕」という声がもれた。光太夫は、黒々とふくれ上った人の群れを見つめた。その群れの上方至る所に突き立って見えるのは、ラッコの捕殺に使用している銛にちがいなかった。

かれらは停止したままであったが、やがて動き出し徐々に近づいてくる。左手の山のゆるやかな傾斜にも人影が現われ、それも数を増している。ロシア人たちは互いにうわずった声で言葉を交し、銃をにぎりしめている。

光太夫は、音もなく進んでくる人の群れに無気味さを感じた。かれらがひしめくように突き進んでくれば、ロシア人たちは五名、自分たちは九名で、たちまち銛で突き殺されるだろう。光太夫は、体に冷い汗が流れるのを感じた。

突然、耳の近くで乾いた銃声がひびき、鼓膜《こまく》が麻痺《まひ》した。銃声はあたりに木霊《こだま》し、それにつづいて鋭い発砲音が連続して起りはじめた。

ニビジモフをはじめロシア人たちは、銃口を近づいてくる島民の群れにむけ、しきりに引金を引く。たちまち硝煙《しょうえん》が濃く立ちこめた。

光太夫は、体がかすかにふるえているのを意識しながら槍をかたくにぎりしめていた。ニビジモフは、しきりに荒々しく部下に声をかけながら引金をひいている。ロシア人たちの顔は赤く染っていた。

硝煙でかすむ島民たちの動きが急にとまるのが見え、わずかに動揺が起っているのも認められた。被弾したらしく膝《ひざ》をついて前のめりに倒れる者もいれば、両手をあげて悲鳴をあげながらのけぞる者もいる。

発砲はつづき、硝煙がさらに濃さを増した。

光太夫は、島民が後ずさりをしはじめたのを眼にした。背をむけてひしめき合いながらさがってゆき、その群れに銃弾が放たれている。

にわかに島民たちの群れが乱れ、一斉に後方に走りはじめた。光太夫は、体の緊張が一時にゆるみ、足もとがふらついた。山の傾斜に散っていた島民たちも、背をむけて消えてゆく。

やがて、前方に島民の姿は見えなくなった。

ロシア人たちは、発砲をやめた。かれらの顔は赤らみ、互いに笑いながら言葉を交している。一人が勝ち誇ったように空にむかって一発銃弾を放った。

光太夫は、島民が去ったことに安堵《あんど》をおぼえながらも、銃声に恐れをなして散った島民たちに痛ましさを感じた。島民たちは、むろん銃など所有せず、ロシア人が狐をはじめ獣類を射殺する銃の威力を十分に知っていて、銛などでは対抗できないことを熟知しているのだろう。狼狽《ろうばい》して逃げ去った島民に、支配され搾取されている人間の物悲しい姿を見たように思った。

再び来襲することが予想され、ニビジモフは二人の見張りを立てて警戒し、光太夫も監視の者を一人出した。光太夫たちは、部屋にもどった。

その夜はなにごとも起らず、夜半に雪が降ったらしく、翌朝はあたり一帯が雪の白さにおおわれていた。

光太夫たちは朝食をすますと、槍を手にニビジモフの家の前に行った。すでにロシア人たちが椅子などに坐《すわ》って、煙草《たばこ》をすったりコーピ（コーヒー）を飲んだりしている。前日、島民を銃で追いはらった自信なのか、かれらは落着いた表情でくつろいでいた。

光太夫たちも椅子に坐り、かれらと集落の方に眼をむけていた。

静かな時間が過ぎた。風が起ると雪煙が一斉に舞いあがり、視野が白くかすんだ。再び襲ってくることはないと思っていたが、夕刻に前日と同じ時刻頃、前方に人の群れが現われた。

「来タ」

ロシア人たちが口々に叫び、銃をつかんで立ち上った。

島民たちはそれぞれ銛を手にし、前日とは異なった速い動きで肩をふれさせながら雪を踏んで進んでくる。その動きに、光太夫は激しい殺気を感じた。

突然、かれらの中から為体《えたい》の知れぬ喚声のような叫び声が起り、にわかに足をはやめた。光太夫は、島民たちが尋常ではない決意のもとに突き進んできているのを感じた。

ロシア人たちが、一斉に発砲しはじめた。かれらは、恐怖をおぼえているらしく、連続的に引金を引く。すさまじい銃撃で、それは乱射に近いものであった。

白く煙る硝煙を通して倒れる島民たちの姿が見え、かれらの足もとにも雪煙があがる。銃撃音が、あたりの空気をふるわせていた。

島民たちの動きが乱れた。その群れにロシア人たちは発砲をつづけ、倒れる者が続出し、群れの乱れはさらに増した。

「射《う》テ、射テ」

ニビジモフの口から、絶叫に近い声が噴き出ていた。

果しなく銃撃がつづき、倒れた者を引きずって後退してゆく男たちの姿も見え、にわかに島民たちが背をむけて体をぶつけ合いながら退きはじめた。それにむかってロシア人たちは、銃弾を浴びせ、前に進み出て発砲する者もいた。

やがて銃声はやみ、あたりに静寂がもどった。島民たちの姿がまばらになり、倒れた男たちを引きずって後退してゆく者たちが見えるだけで、それも消えた。

ロシア人たちは、なおも前方に銃を擬しながら立っていた。かれらの眼は血走り、恐怖と安堵の色が交互にうかんでいる。光太夫は、体の緊張がゆるむのを感じた。島民たちを前にして銃は絶大な威力を発揮し、今後は襲ってくることはあるまい、と思った。

雪がちらつきはじめ、夜になると風も起って吹雪になった。ニビジモフも光太夫も、前夜につづいて見張りの者を立てた。

翌朝には雪もやみ、寒気がきびしさを増していた。

光太夫たちは、ロシア人たちとともに島民の集落の方向に眼をむけていたが、人の姿はなく、時折り雪煙が舞いあがるのが見えるだけであった。

ニビジモフは、島民たちの動静を把握しようとして、二人の部下に集落に近づいて状況を探ってくるよう命じた。二人は顔をこわばらせながらも承知して、銃を手に周囲に視線を走らせながら遠ざかっていった。

光太夫たちは、無言でその方向を見つめていた。当然のことながら島民たちは地形を熟知していて、二人が近づいてくるのをいち早く察知し、物蔭《ものかげ》に身をひそませて襲うのではあるまいか。今にも、ロシア人の叫び声と銃声がきこえてくるような気がした。

重苦しい時間が流れた。

また雪が降りはじめた。粉のようにこまかい雪が地表をおおい、風が起ると舞いあがり視野を白く閉ざした。その雪煙の中に黒い二つの人影がうかび上り、足をはやめて近づいてくる。椅子に坐っていたニビジモフが立ち上った。

息をあえがせながらニビジモフの前に立った二人の部下は、甲高い声で交互にしゃべりはじめた。かれらのこわばった表情に、光太夫は二人が不穏な動きを探知してきたのを感じた。二人の言葉は早口で、光太夫はなにを言っているのかわからなかったが、かれらはしきりに左手の山の方を指さし、うなずいてきいているニビジモフの顔には、けわしい表情がうかんでいた。

ロシア人たちの口にする言葉で、光太夫は島民たちが山に集まっているのを知った。それも男が一人残らず……。かれらは、なにごとか相談しているらしい。かれらはなにかを企てているにちがいなく、山の方向から襲おうとしているのか。集落の男のすべてが山中に集まっているというのは、無気味であった。附近一帯の地理に通じているかれらは、思いもかけぬ方法で、襲撃を仕掛けてくるのではあるまいか。

ニビジモフが、男たちと早口でなにか話し合い、時折り山の方に視線をむけている。眼の光は鋭く、かなり感情がたかぶっているらしく顔に血の色がのぼっている。ロシア人たちは熱っぽい口調でしきりに言葉を交し、ニビジモフが結論を出したらしく、部下たちは一様にうなずいた。

ニビジモフが光太夫に眼をむけると、一緒に来い、という言葉を口にした。光太夫がうなずくと、ニビジモフたちは歩き出し、光太夫たちは、槍を手にして従った。どこに行こうとしているのか。ニビジモフたちは島民の集落の方に足をはやめて歩いてゆく。機先を制して島民たちに銃を撃ちかけようというのか。

かれらは、前方と左手の山の方に視線を走らせていたが、人影はなく、深い静寂がひろがっていた。

しばらくして、前方に密集した草ぶきの家が見えてきた。ニビジモフたちは、さらに足をはやめた。ようやく光太夫は、ニビジモフらが男たちがいない集落に入ろうとしているのを知った。

集落には、探索した二人の部下の言葉通り男たちの姿はなく、女や子供たちが、おびえたような眼をこちらにむけている。子供の体をかかえてその場にしゃがみこむ女もいれば、ひそかに家の中に身をかくす者もいた。光太夫の眼をひいたのは、彼女たちの顔色が極度に悪く、瘦《や》せこけていることであった。子供たちの手足も摺《す》り子木《こぎ》のように細く、眼窩《がんか》もくぼんでいる。その姿に光太夫は、集落が飢えにさらされているのを知った。

光太夫たちは、ニビジモフの命令で素早く動く部下たちの姿を茫然《ぼうぜん》と眺めていた。かれらは、身をすくませてしゃがみこんでいる女に銃口を突きつけて立ち上らせると、一個所に寄せ集める。子供はおびえて泣き声をあげ、女たちにしがみついている。さらにロシア人たちは、穴を掘りさげた粗末な家を一つ一つのぞき込み、銃口をむけて鋭い声をあげ、女と子供たちを外に出す。衿《えり》をつかんで引き出す者もいた。

集落の広場の中央に四十人ほどの女と子供たちが集められ、しゃがみこんだ。瘦せこけた女と子供たちの姿が哀れであった。なぜ、女たちと子供たちを一人残らず一個所に集めたのか。

なにをするのかと見守っていた光太夫は、それにつぐロシア人たちの行為に茫然とした。かれらは、家々の中から草をなって作った縄を集めてくると、幼児を背負った者をふくめて女たちの手をつぎつぎに縛《しば》ってゆく。女たちの顔には恐怖の色がうかんでいる。

ロシア人たちは、荒々しい声をあげて女たちを立ち上らせると、さらに数珠《じゅず》つなぎにし、銃口で臀部《でんぶ》を突いたりして歩くよううながした。女たちが体をふるわせて歩き出し、子供たちは泣き声をあげている。ロシア人たちは銃口をむけて家畜を追い立てるように鋭い声をかけながら集落の外に出ると、来た道をもどってゆく。

光太夫は、ロシア人たちが女、子供をどのようにするのか、かれらの意図がわからなかった。

女たちがつらなって歩き、子供たちがすがりついて進む。光太夫は水主《かこ》たちとかたい表情でついていった。

やがて前方に、ロシア人たちの家が見えてきた。

ニビジモフが家の前までくると、女と子供たちをとめさせた。かれの口から坐れという甲高い言葉が女たちにかけられ、女たちは縄をかけられたまま坐った。

殺すのではあるまいかという考えが胸に湧いたが、ロシア人たちの態度からその恐れはうすらいだ。ロシア人たちは緊張感から解き放たれたように煙草を取り出してすったり、頬をゆるめて言葉を交したりしている。光太夫は、ようやくニビジモフが女と子供たちを人質にとったのを知った。

ニビジモフは、男たちが全員山の中に集まっているのを知って、そのすきに集落に残った女と子供たちを捕えようと考えたのだろう。山からもどった男たちは、女と子供がいないのを知って顔色を変え、狼狽するにちがいない。果して男たちは、どのような動きに出るか。人質をとられているだけにかれらの行動はきわめて制約を受けたものになるにちがいない。

女と子供たちは、身を寄せ合い、おびえ切った眼をして坐っている。時折り風が起って雪煙がかれらをつつみ、女たちの髪が白くなった。ロシア人たちは椅子《いす》や箱に坐り、煙草をくゆらしたりしている。

夕刻近く、島民の集落方向から三人の男が姿を見せた。それはラッコ猟で顔見知りになった頭立《かしらだ》った男たちで、一人は髪が白く顔に深い皺《しわ》が刻まれている。かれらは銛《もり》を手にしていなかった。

それに気づいた女たちが、近づいてくる男たちに顔をむけ、その眼にはすがりつくような光がうかんでいる。

男たちが近づき、ニビジモフの前に立った。白髪の男が、女、子供という言葉を口にし、その表情から女、子供を解き放してやって欲しいと頼んでいることがうかがえた。他の男も哀願するような眼をニビジモフにむけている。

無言でかれらを見つめていたニビジモフが、部下に鋭い声をかけた。うなずいた部下たちが縄を手に男たちに近寄ると、荒々しく腕をつかんで後ろ手に縛りあげた。男たちは抵抗することもせず、部下に肩を強く押されて坐った。

ニビジモフの顔にかすかに笑いの表情がうかび、煙草を取り出して満足そうにすうと、徐《おもむ》ろに部下たちに声をかけた。部下たちは再びうなずき、女たちに近寄ると縄をときはじめた。縄をとかれた女たちは、ニビジモフたちにおびえた眼をむけた。これからどのような仕打ちを受けるのか、恐れているようだった。

部下たちが女たちの体を蹴《け》り、荒々しい声をかけて立ち去れという仕種《しぐさ》をみせた。女たちは立ち上り、子供を抱いたり手をひいたりして歩きはじめた。中には縛られた男たちを何度も振返る女もいた。

白髪の男がニビジモフに顔をむけると、スパシーボという感謝の言葉を口にして、何度も頭をさげた。ニビジモフは、顔をそむけて煙草をすっている。

女たちは子供と集落の方向に遠ざかってゆき、物かげから出てきた男たちと抱き合い、子供を抱え上げる男もいた。かれらは集落の方向に小走りに歩き、やがて見えなくなった。

ニビジモフは、坐った男たちに視線を走らせていたが、煙草をすうのをやめると光太夫に近づいてきた。ニビジモフの眼に鋭い光がうかび、半ば叫ぶような口調でなにか言った。槍《やり》という言葉以外は早口でわからず、光太夫は首をかしげた。

ニビジモフの表情はけわしく、光太夫の持った槍に手をのばすと荒々しくゆすり、再び同じ言葉を口にした。ようやくニビジモフの言葉の意味が理解でき、光太夫は後ずさりして激しく首をふった。光太夫は、ニビジモフが男たちを槍で突き殺せと言っているのを知った。

それと察した水主たちも顔色を変えて後ろにさがり、磯吉は拒絶する意味で、

「ニエト、ニエト」

という言葉を繰返した。

ニビジモフは、黙って光太夫たちを見つめていたが、部下たちに眼をむけると、鋭い声でなにか言った。

うなずいた部下たちは、男たちに近寄ると、銃口をそれぞれの頭部に押しつけつぎつぎに発砲した。男たちは、のけぞったり突っ伏したりして動かなくなり、あたりに血が散った。

部下たちは、男たちの足をつかんで山の傾斜の方に荒々しく引きずってゆく。あたりが暗くなりはじめていた。

部屋にもどった光太夫たちは、顔を青ざめさせ、口数も少かった。ニビジモフたちは不当に島民を搾取《さくしゅ》し、武器で島民たちの不満を押え、それが極点に達して首長の娘を殺害し、さらに三人の頭立った男を無造作に射殺している。人間とは思えぬ行為であった。

光太夫は激しい憤《いきどお》りを感じていたが、ニビジモフたちロシア人と島民たちの歪《ゆが》んだ

関係が島の生活を維持しているのだ、とも思った。ニビジモフがラッコの毛皮の代償としてあたえる生活必需品は少量であっても、それは島民の生活を支えていることに変りはない。ロシア人の存在がなければ、島民たちは獣類と同じような生き方をしなければならないはずであった。

自分たちも同様で、ニビジモフの保護のもとに食物のみならず住居もあたえられている。ニビジモフは非道な男であり断じて許せぬ人間ではあるが、これまで生きてこられたのはかれのおかげであり、恩人でもある。

この島での生活は苛酷《かこく》であり、それは受容しなければならないのだ、と思った。

流《る》 転《てん》

この出来事によって、島民の集落に崩壊に似た現象が起ったようであった。ひそかに近くの島々に家族とともに移住する者が多いらしく、島民の数が激減した。

その後、ニビジモフのもとに姿をみせる島民は皆無になり、島に平穏な空気がもどった。

ロシア人たちは、本国に帰れぬことに苛立《いらだ》ちはじめていた。光太夫は、ニビジモフたちが、五年間在島して後任者と交替する定めになっているのを知るようになっていた。迎えの船がロシア本国からやってきて、そこには交替要員が乗っている。その船でニビジモフたちは本国にむかうが、むろん船には島民たちの捕殺した大量のラッコの毛皮が積み込まれる。光太夫は、もしもニビジモフが自分たちを船に乗せて本国に連れていってくれれば、故国へ帰る手がかりをつかめるかも知れない、と思った。

年が明け、春を迎えた頃、ある日の夕方、光太夫たちが寄り集まっているところに、一人のロシア人がやってきて、紙をひろげた。

光太夫たちは、紙に書かれたものを見つめた。丸い印が二十四個描かれ、その上にあきらかに三日月と思えるものが描かれている。ロシア人は、その印と家の前に置かれた牛皮でつくった小舟を交互に指さし、手真似《てまね》で光太夫たちとともに舟に乗ってゆくという仕種《しぐさ》をした。

磯吉が、船というロシア語を口にし、自分たちもロシア人とともに乗ってゆくのかという仕種をすると、ロシア人は大きくうなずき、笑いながら光太夫たちのかたわらからはなれていった。

「迎えの船が来たら、おれたちも乗せていってくれるらしい」

磯吉がはずんだ声をあげ、光太夫はうなずいた。

いずれにしても、この島から脱け出すことが先決で、本国がどのような地かわからぬが、この島より恵まれていることはたしかで、行く末の展望もひらける。迎えの船はいつくるのか。光太夫たちを連れてゆくことは、ロシア人たちの間ですでにきまっているらしく、光太夫たちとともに本国へむかうのを待ち望んでいるのだろう。

紙に描かれた記号のようなものは、船がくる時期をしめしたもののように思えた。ロシア人は、それを光太夫たちに伝えるためにわざわざ紙を持ってきてひろげたのだろう。

まちがいなくそうだ、と光太夫たちは言い合い、紙に描かれた記号を見つめた。丸い印はなにを意味するのか。その印の上に描かれている三日月は月数をさすのだろう、と言う者がいた。とすると二十四個の丸い印は二十四カ月、二年ということになる。つまり二年後に迎えの船が来て、自分たちをそれに乗せてやるという意味にちがいないという。

それでは余りにも先すぎる、と疑義をとなえる者もいた。二年も先のことなら、わざわざロシア人がそれを伝えにくるはずはない。近々に船がくることが嬉《うれ》しく、その喜びを自分たちと共に分け合おうとして紙を持ってきたのだろう。丸印は月数ではなく日数をさし、二十四日後に船がくる予定ではないのだろうか。

この意見に賛成する者が多く、光太夫も多分それにまちがいない、と思った。水主《かこ》たちの気持は浮き立ち、光太夫も頬をゆるめていた。

光太夫をはじめ水主たちは、その日から日数を数えて、海岸に出ると眼をこらして沖を眺めるようになった。

二十四日目の日には朝早くから揃《そろ》って海岸に行き、夕方まで海に眼をむけていたが、海鳥が群れて飛び交っているのが見えるだけで船影を見ることはできなかった。日がむなしく過ぎ、光太夫たちはやはり船がくるのは二年後なのか、と落胆した。

ロシア人たちも本国からの船がくるのを待ちわびているらしく、時折り磯《いそ》に立って沖に眼をむけている。かれらの衣服はうす汚れ、すり切れているものが多かった。

七月に入って間もなく、ロシア人の一人が家の外でなにか叫び、それをきいたらしくロシア人たちが声をあげながら外に走り出た。それは獣の声に近いものであった。

家の外に出た光太夫たちは、ロシア人たちが、

「船ダ、船ダ」

と叫んで、海岸の方に走ってゆくのを見た。

光太夫は、体が熱くなるのを感じながら水主たちと後を追った。

海岸に走り出たロシア人たちが沖を指さし、激しく手を振っている。船が沖の方から近づいてきているのが見えたが、それは今まで見たこともない大きな黒い船で、二本の帆柱に灰色の帆がひらいている。ロシア人たちは、両手を突き上げながら叫び、躍るように走りまわっている。光太夫たちもロシア人たちに走り寄り、互いに体を抱き合った。

ニビジモフが光太夫に走り寄ってきて「オー、オー」と言うと強く手をにぎり、激しく振った。その眼に涙が光っていた。

風は強く、海上は波立っている。船は近づいてきたが、それ以上進んでくることはしなかった。磯の近くには岩礁《がんしょう》がひろがり、海面に突き出た岩には水しぶきがあがっている。進めば坐礁《ざしょう》する恐れが多分にある。

ニビジモフらロシア人たちは、船上の者にむかって南の方へ行け、としきりに手を振りはじめた。その方向には海底に砂地のひろがる碇泊《ていはく》に適した場所がある。それに気づいたらしく、船は舳先《へさき》をその方向にむけ、ゆるやかに進んでゆく。ニビジモフたちは船の動きに合わせて小走りに歩き、光太夫たちもその後についていった。

少しばかり進んだ時、不意に突風が起って船が岸の方に船体を傾けてはやい速度で近づいてきた。

光太夫たちは立ちすくんで見守っていたが、船は激しい衝突音とともに荒々しく岩礁にのしあげた。ニビジモフたちの間から悲痛な叫び声が起り、光太夫たちも立ちつくした。

船上では人々が走りまわり、錨《いかり》が投じられたが、それはなんの効果もないようだった。傾いた船は、波浪に大きく揺れて、波が船にのしかかっている。光太夫は、船べりが無残にも破壊されるのを見た。

あたりが薄暗くなりはじめていた。傾いた船にとどまるのは危険で、船から艀《はしけ》が二艘《そう》おろされ、そこに乗組の者が乗り移るのが見えた。艀は、波にもまれながら船をはなれ、ようやく磯についた。上陸してきたのは、二十四名のロシア人たちであった。かれらはニビジモフらと、波に洗われている船を立ちすくんで見つめている。傾いた帆柱が、波の打ち寄せる度に激しく揺れている。夜の闇《やみ》が濃くなり、船体は見えなくなった。

ニビジモフらと上陸したロシア人たちは、無言で住居の方に歩き、光太夫たちもついていった。待ちに待った船が眼前で坐礁し船腹を破られたことに、光太夫たちは絶望感にとらわれ、夕食をとる気にもなれなかった。

上陸したロシア人たちは二戸の家に分宿することになったが、それらの部屋からは物音一つしなかった。

朝を迎え、ニビジモフの部下が来て、坐礁した船の内部にある物品を残らず岸に揚げるので手伝って欲しい、と手ぶりをまじえて言った。光太夫は承諾し、綱などを持つ水主やロシア人たちと海岸にむかった。

風はなく波はおだやかになっていたが、船は無残な姿を見せていた。かなり浸水しているらしく、傾いた船体が半ばまで沈下している。船尾の旗が海面にふれていた。

船内の物を陸揚げすることになり、それらを運ぶため岸に引き揚げられていた二艘の艀が海に押し出された。光太夫はニビジモフと岸に残ったが、水主たちはロシア人たちと艀で船に行き、船内の物品の運び出しに従事した。

初めに岸に揚げられてきたのは、多量のラッコの毛皮であった。ニビジモフの手まねをまじえた話によると、船はラッコ猟の根拠地である島々をまわって毛皮を積み込み、最後にこの島に来て破船してしまったという。

「コノ島デモ毛皮ヲ積ミ、本国へ戻ルハズダッタ」

ニビジモフは、気落ちしたようにゆっくりした口調で言った。

毛皮の陸揚げがすむと、食料品、船具、各種の金属品等が艀で岸に運ばれてくる。厨房具《ちゅうぼうぐ》、衣類から綱、船板の類《たぐ》いまで一物も残さずという徹底したもので、二日後の夕刻まで作業はつづけられた。これらの物品は、海岸から倉に運び込まれた。

数日後、ニビジモフが光太夫のもとにやってきた。すっかり憔悴《しょうすい》し、眼に弱々しい光がうかんでいる。

かれは、手まね身ぶりをまじえて語り出した。

「今後、イツ船ガ来ルカワカラナイ」

かれは両腕をひろげ、悲しげな眼をした。

ニビジモフは、五年もこの島にとどまり、この度は帰国できると喜んでいたが、破船してその望みは失《う》せた、と言った。ニビジモフが、このように消沈した様子を見せたのは初めてで、無理もないと思った。

「ソレデ一同話シ合ッタガ……」

と言って、急に甲高い声で話しはじめた。

なんとしてでもこの島をはなれたいが、それには船がなければいかんともしがたい。かれは、手ぶり身ぶりをまじえて光太夫の顔を見つめると、

「船ヲ造ル」

と、言った。

ニビジモフは、

「船ヲ造ラナケレバ、コノ島カラ脱ケ出セナイ」

と、手を振りながら繰返した。船でカムチャツカ（カムチャツカ半島）まで行けば、そこからは地つづきでロシア本国に行ける。

「力ヲ貸シテ欲シイ」

かれの眼は、光っていた。

思いがけぬ提案に、光太夫は口をつぐんでニビジモフの顔を見つめていた。船を造るにはまず船材が必要だが、島に樹木はない。木材と言えば海岸に打ち上げられてい

る流木だけだが、その量はかなりある。それに破船したロシアの船と、今では磯に残《ざん》骸《がい》をさらすだけの「神昌丸《しんしょうまる》」から船材を得ることはできる。他に島から脱け出す方途がないかぎり、船を造る以外にない。

光太夫は大きくうなずき、

「私タチモ造ル」

と、ロシア語で答えた。

ニビジモフは眼をうるませ、光太夫の手を強くにぎりしめた。

その日、ロシア人と光太夫たちが集まって、船を造る打合わせをした。破船したロシアの船に乗っていた者の中に、船を造る大きな作業所で鍛冶《かじ》職をしていた者がいて、かれを中心に作業を推し進めることに定めた。

まず、船材を得るため海が凍結する前に流木を出来るだけ多く集めることになり、一同波打ち際《ぎわ》に行って流木を物色し、艀を海に出して流木集めにつとめた。さらにロシア人たちは坐礁した船に行き、光太夫たちも「神昌丸」の残骸に近づいて、それぞれ船板、古釘《ふるくぎ》等を残らず拾って作業所と定めた砂浜に運んだ。

波に洗われているロシアの船からは大工道具一式が陸揚げされていたので、海が凍結した頃から船造りが本格的にはじまった。

島には石炭が露出している個所が所々にあって、それを運んで火を熾《おこ》し、鍛冶職の男が鞴《ふいご》で火力を強め、集めた古釘を打ち直した。ロシア人たちは、吹雪の日を除いて朝から夕方まで働き、光太夫たちも船板を釘で打ちつけたり、流木の樹皮をはいで槙《まい》肌《はだ》をつくったりした。

年があらたまり、徐々に船材の組立てがはじまった。それは日本の船とは全く異なっていた。

人間の肋骨《ろっこつ》のように彎曲《わんきょく》した太い材が両側から何本も立てられ、水主たちはロシア人の指示に従って斧《おの》で材木を削る。ロシア人たちは、材と材の間に板を張り、釘を打ちつけた。船の形が徐々に出来上り、ロシア人たちも水主たちも一層作業にはげんだ。

海の氷がとけて流れ去りはじめた頃、船体が完成し、帆柱が一本立てられた。破船したロシア船よりはるかに小さい五、六百石積みほどの船であった。

海におろすことになり、満潮時を見はからって、船体にとりつけられた綱を総がかりで掛け声をあげながら曳《ひ》いた。船は下にさし込まれた丸太の上を少しずつ動き、やがて海面におろされた。

ロシア人たちは涙を流して喜び、互いに体を抱いて唇を吸い合った。光太夫たちは、寄り集まってかれらの喜ぶ姿を眺めていた。

翌日から出帆の準備がはじまった。

カムチャツカまでの航海は一カ月余を要するので、まず食料の調達から手をつけた。皮船を出して魚を釣り、それらを干して船に積み入れた。ついでラッコ等の大量の毛皮を運び入れ、夜具、厨房具、銃、槍《やり》その他倉から出したものを運び込んだ。

破船したロシア船の船長が日和《ひより》、風向をさぐり、光太夫も空や海を見つめて意見を述べ、七月十八日朝、開帆と定めた。

その前日、光太夫は水主たちと山道をたどり、墓地におもむいた。そこには、三五郎、次郎兵衛、作次郎、安五郎、清七、長次郎、藤助のそれぞれ名を記した七つの木標が立てられ、傾いたものもあった。

光太夫たちは、それらの墓標の前に膝《ひざ》をついて手を合わせ、頭を深く垂れた。父三五郎の墓標をつかみ、磯吉は嗚咽《おえつ》していた。光太夫は、頰を流れる涙をぬぐうこともせずそれらの墓標を眺めていた。

死んだかれらにはそれぞれ故郷に家族があり、それらの者に知られることなく異境の地で命を落したことが哀れであった。自分たちが船で去れば、再び訪れる者はいない。やがて墓標は朽ち、かれらの遺骨も土に同化して消える。

かれは、水主たちの泣き声に包まれながら立ちつくしていた。

翌朝、予想した通り風向も日和も良く、光太夫は水主たちとともに手廻りの物を手にして船に乗り込んだ。光太夫の行李《こうり》には、伊勢《いせ》大神宮、若宮八幡宮《はちまんぐう》の御札、小袖《こそで》、羽織、袴《はかま》と浄瑠璃《じょうるり》本などとともに脇差《わきざし》も収められていた。

錨があげられ、帆が開いた。船はゆっくりと動きはじめた。

光太夫は、甲板に立って黒々とした島を眺めた。七つの墓標が眼の前にうかんだ。それらの墓標が船で去る自分たちを見送っている。光太夫は、胸の中で一人一人の名をつぶやき、そして叫んだ。

「私たちにしがみつけ、共に島をはなれよう」

嗚咽がつき上げ、かれは体をふるわせて泣いた。

水主たちの間から激しい泣き声が起った。島が徐々にはなれてゆき、かれは、しがみつけ、しがみつけと叫びつづけた。

船は西に舳先をむけて進んでゆく。風は順風で帆は風をはらみ、船の揺れは少い。

やがて島は、水平線下に没していった。

船の動きはおそかったが、ロシア人たちは船が確実に西にむかって進んでいることに満足していた。あらためて船体を点検したが、浸水の恐れは全くなく、船はその機能を十分に果していた。

かれらは、夜になると酒を飲み、歌をうたったりしていた。かれらの顔は明るく、帰国できる喜びにひたっているようだった。

航海は順調で、十日ほどたった頃、前方に島影が見え、船は近づいて投錨《とうびょう》した。ビリゾネ島であった。破船したロシア船は、アミシャツカ島にくる途中、二人の船乗りをこの島に残し、必ず迎えにくると約束して島をはなれた。投錨したのは、その約束をはたすためであった。

船影を眼にしたらしく、海岸で二人の男がさかんに手を振っているのが見えた。ただちに艀がおろされて海岸につき、やがて二人を乗せて引返してきた。

かれらは一年間も船が来ず、このまま残されるのかと悲嘆にくれていたが、船長から船が破船して新たに船を造ってやってきたことをきくと、ようやく納得したようだった。

船は再び進みはじめ、風が強まって速度が増した。気象状況は良好だった。

八月二十三日、甲板上にロシア人たちが集まった。前方に陸影が見え、次第に近づいてくる。カムチャツカであった。

甲板上から見るカムチャツカは、アミシャツカ島と異なり家々が散在していて、人々が生活する地であるのを感じた。磯には布で作った日除《ひよ》けのようなものが並び、上質の衣服を着た色の白い女たちが子供たちとうずくまってなにか摘んでいる。ロシア人にきくと、女と子供はロシア本国から派遣され在留している役人の妻子たちで、毎年今ごろみのるヤゴデという草の実を摘んでいるのだ、と言った。

船は磯《いそ》の近くで錨を投げ、ニビジモフが船長とともに艀で上陸していった。

翌日から毛皮類の陸揚げがはじまった。艀でやってくる運搬人は原住民らしく、アミシャツカの島民たちと同じように獣皮の衣服を身につけていたが、袖口と裾《すそ》にラッコの毛皮が縫いつけられていた。髪は、後ろに垂らして編んでいた。

荷揚げが一段落し、光太夫は水主たちと艀で上陸した。

海岸に、ニビジモフが、従者らしい男たちを伴った上質の衣服を着た長身の男と姿を見せた。光太夫の前に立ったニビジモフが、長身の男がどのような身分かをゆっくりとした言葉で説明した。男はこの地一帯を統轄《とうかつ》する代官で、

「コーノ・ダニロウィチ・オリョニコトイウ名ダ」

と、言った。

光太夫は男に頭をさげ、水主《かこ》たちもそれにならった。

男は光太夫に近寄ると、

「ヤッポンスカヤ?」

と、たずねるように言った。

ニビジモフにどこの国から来たかと問われた時、光太夫はニッポンと答えたことがあるが、その後、ニビジモフはヤッポンスカヤという言葉をしきりに口にした。光太夫は、ロシアでは日本国のことをヤッポンスカヤと言うことに気づいていたので、

「ダー（そうです）」

と、答えた。

代官は、光太夫たちが理解できるように手まねをまじえながら、ゆっくりとした言葉で、ロシア人たちが着る衣服を従者に持ってこさせているので、それに着替えるように、と言った。

光太夫たちはその言葉に従い身につけている古びた着物を脱ぎ捨て、ロシアの衣服を着た。それは軽く、光太夫たちは互いの服装を照れ臭そうに眺めていた。

光太夫は、代官の口から洩《も》れる言葉に耳を傾けていたが、意外な話にききまちがえではないか、と思った。

代官は、

「コレヨリ、都へ近ヅクニツレテ食物ヲハジメ何事モ不自由ハナクナル。安心シナサイ」

と、言った。

ニビジモフからロシアにも都があるときいてはいたが、その言葉が唐突に思えた。都へ近づくということは、自分たちを都へ連れてゆくという意味なのか。

さらに代官は、思いがけぬことを口にした。

「皇帝ニオ願イスレバ、故国ノヤッポンスカヤニ帰ルコトモデキル。心強ク思イナサイ」

一瞬、光太夫は頭が混乱するのをおぼえた。ニビジモフは、ロシアにも日本の公方《くぼう》（将軍）様のような全国を統率する皇帝がいて、それをロシア語でインペラテラッサということも話してくれていた。

早口で話すことの多いニビジモフとその部下たちとちがって、代官の言葉は一語一語区切るようにゆっくりとしていて、素直に耳に入ってくる。たしかに代官は、皇帝という言葉を口にしたが、光太夫は釈然としなかった。日本の船乗りにすぎぬ自分たちに、オロシアを支配する皇帝が会うなどとは考えられない。代官は、哀れな漂着者である自分たちを力づけるため、そのようなことを言ったにすぎないのだ、と思った。

代官の言葉は到底信じがたかったが、故国へ帰ることもできるだろう、と言ってくれたことが嬉《うれ》しかった。

光太夫は、

「スパシーボ（ありがとう）」

と言って、頭をさげた。

ニビジモフはその場に残り、光太夫たちは代官に連れられて川岸の船着場に行った。そこには刳《く》り舟が数艘《そう》もやってあり、光太夫たちは代官たちと分乗した。櫂《かい》を操るのは原住民たちで、舟は上流にむかって進んだ。

これからどのような生活がはじまるのか。アミシャツカ島のそれより恵まれていることはたしかにちがいなく、この地にたどりついたことを幸せに思った。大きな樹木はなかったが、灌木《かんぼく》が多く、樹木の全くなかったアミシャツカ島とは異なっていた。

五里（約二〇キロ）ほど進んだ時、前方に集落が見えてきて、舟は船着場についた。二階建の堅牢《けんろう》そうな家が点在していて、倉らしい大きな建物もある。

光太夫たちは上陸し、代官に連れられて門がまえの二階建の家に入った。丸太を組んで作られていて、板張りの床には羅紗《ラシャ》の布が敷かれている。

建物に入った代官は革靴をはいたまま床にあがり、光太夫たちは、ためらいながらもそれにならった。

代官が奥に消えると、中年の役人が滑稽《こっけい》なほどゆっくりとした言葉で話しはじめた。

かれは、代官所の書役《かきやく》だと名乗り、この建物は代官所で、船頭であった光太夫は代官所の一室に住み、他の八人は、旅宿ともなっている書役の家で起居する。食事の折には、光太夫が書役の家に出向くようにという。

その言葉に従って、水主たちは書役について出てゆき、光太夫は、他の役人に代官所内の小綺麗《こぎれい》な部屋に案内された。

手荷物の整理を終えた光太夫は、代官所の外に出てみた。家が五、六十戸ある小さな町だが、その地方を統轄する代官所のある地だけにがっしりとした構えの家が多く、いずれも太い丸太を組んで作られている。そこは山間部で、山肌が近くまでせまっていた。

代官所には、役人と下男合わせて十一人が住みついて働いていた。

日が没して食事時になり、光太夫は書役の家の食堂に行った。長方形の大きな食卓をかこんで、水主たちと椅子《いす》に坐《すわ》った。

雇い女が出てきて、光太夫たちの前に熊手《くまで》のようなもの（フォーク）と小刀（ナイフ）、大匙《おおさじ》（スプーン）を置いた。光太夫たちは使ったことはなかったが、アミシャツカ島でニビジモフらロシア人たちが使うのを眼にしていたので、それらが箸《はし》と散蓮華《ちりれんげ》同様のものであるのを知っていた。

平皿に、大きな干魚がのせられて出てきた。下女になんという魚かと手ぶりをまじえてたずねると、チェブチャだと言う。

さらに白酒のような汁が眼の前に置かれた。草の実がうかんでいる。モロコという汁であった。この汁が美味で、光太夫は長い間このようなものを口にしたことはなかった。水主たちも口々に感嘆の声をあげて、大匙ですくって口に運んでいた。

翌朝、眼をさました光太夫は、そのまま寝台に身を横たえていたが、思いがけぬ音を耳にして体をかたくした。日本の寺でつく重々しい鐘の音とはちがってひどく澄んでいるが、一定の間隔できこえてくる。寺院（教会）で鳴らす音にちがいなく、その音には宗教の荘厳《そうごん》さが感じられた。

白子浦《しろこうら》を出船して以来初めて耳にする鐘の音で、生れ育った村の情景が眼の前にうかび上った。かれは眼を閉じ、その音をきいていた。

朝食時に、その音のことが話題になった。ニビジモフらロシア人たちは、食事をとる時、指を合わせてオスポジ・ポミルイと唱えて指先を額、胸、両肩にふれる。ロシアにも宗教があり、鐘の音は寺院からきこえてきたものだということで意見が一致した。

「涙が出て困った」

と、言う者もいた。

朝食にはあきらかに麦で作った麦餅《むぎもち》（パン）が出た。ブーキという名だという。

前夜と同じ白酒のような汁が添えられていたが、昨夜の汁より濃くきわめて美味であった。恐らく煮返したものにちがいなく、そのため濃いのだろう、と思われた。アミシャツカ島で常時口にした白百合《しらゆり》の根を煮たものとは比較にならぬほどうまく、甘い。一同、満足してその汁を匙ですくって飲んだ。

その後も、食事の折には必ずその白い汁が出た。朝と夕方、雇われている老女がきまった時刻に二個の桶《おけ》を手に出てゆき、その液体を入れてもどってくる。

磯吉は、その汁をどこから運んでくるのかと思い、夕方家を出てゆく老女の後をひそかにつけた。老女は道を何度も曲って歩き、一軒の家のかたわらにある粗末な建物の中に入っていった。

板壁の隙間《すきま》からのぞいてみると、内部には茶色と黒の牛がいて、老女が牛の腹の下にもぐり込んだ。なにをするのかと眼をこらして見ていると、老女は牛の乳をしぼりはじめ、一頭から一升四、五合の乳を桶にためると、他の牛からも乳をしぼる。やがて牛の腹の下から出てきた老女は、両手に桶をさげて道を引返し、台所に入っていった。

磯吉は、朝夕飲んでいる白い汁が牛の乳であるのを知った。

光太夫たちは、磯吉から白い汁が牛の乳であるのを知って悲鳴をあげ、顔をしかめた。異国では牛等の獣類を食うときいているが、それは鬼にも等しいことだとされている。牛馬は農耕や運搬に使われるもので、それを食えば身がけがれ、ましてその乳を飲むことなど考えられない。光太夫たちは、その乳を飲んでいたことに身のふるえるような驚きをおぼえた。

その夜の食事にも牛の乳を煮たものが出されたが、むろん飲む者などなく、見るのもけがらわしいと視線をそらせていた。

光太夫は台所に入ってゆくと、料理人に日本人は牛の乳を一切飲まないので食卓に出さないで欲しい、と強く申入れた。それによって牛の乳は出なくなり、光太夫たちは、毎食出る麦餅が気に入って干魚とともにそれを食べていた。

九月に入ると寒気が増し、中旬には雪が降るようになった。粉のような雪で、連日降っても積ることなく、風が起ると粉雪が舞いあがる。海には遠くまで氷が張りつめた。人々は、幅の広い長い板（スキー）を両足に紐《ひも》でむすびつけて、長い杖《つえ》を突いて雪の上を往《ゆ》き交っている。

荷を運ぶには橇《そり》が使われた。数頭の犬に細い革紐をたすきがけにし、橇にむすびつける。御者が長い杖をあやつって犬を走らせ、杖の先についた三、四個の鈴をふり鳴らすと、犬は速度をあげて走る。

道の角を曲る時には、御者が、

「ホガ、ホガ」

と声をかけると、犬は心得て角を曲る。餌《えさ》には鮭《さけ》の卵の鰤《はららご》をあたえていた。

食料品は、海をへだてた西方のオホーツクという地から夏季の間に送られてくる定めになっていたが、船がことごとく途中で海難事故に遭って一艘もこなかったという。すでに海は凍結し、船がくることは絶えていた。

麦の粉は尽きて麦餅は食卓に出なくなり、鮭と干したチェブチャという魚を食うだけになった。そのうちに十一月に入ると、魚も食いつくして食べるものはなくなった。

役人の話によると、原住民の多くが餓死し、ロシア人にも急速に飢えがせまってきている。代官は、近在に食料を求めて役人たちを派遣したが、食料の貯《たくわ》えのある者も自ら飢えるのを恐れて出さないという。

アミシャツカという孤島をはなれて陸地に来たのに、却《かえ》って飢えにさらされているのが悲しかった。町は厚い氷と雪におおわれ、食物になるものは見当らない。

光太夫は、代官が貯えていた食物を少量ずつあたえられていたが、水主たちは二日間なにも口にできず水を飲んで過したりしていた。

代官所の役人が近在に牛がいることをきき出して出掛けてゆき、すぐにそれを殺して腿《もも》を二つ持ち帰り、水主たちに食用として渡した。

水主たちは顔をゆがめて眼をそらし、そのようなけがらわしいものは食えぬ、と強く拒否した。

役人は、牛乳を飲むのを拒んだ水主たちが牛肉を食うことを激しく忌《い》み嫌っているのは無理もないと思ったようだが、

「嫌ッテイタラ死ヌ。コノ肉ヲ食エ。食エ」

と、怒ったような強い口調ですすめた。

水主たちは口をつぐんでいた。食べようとする者は皆無であったが、役人の言う通りこのままでは餓死する。かれらの顔には、途方にくれた表情がうかんでいた。

急に磯吉が手をのばし、小刀をつかむと腿の肉を少し切って口に入れた。それを見た他の者も小刀を手にして肉を食った。かれらの顔には、罪をおかしたような悲しげな表情がうかび出ていた。

書役の家に雇われていた下男、下女たちは、肉など口にできず、哀れにも犬の餌にする鰤《はららご》を桜の樹《き》の皮とともに食べて空腹をいやしていた。

翌日から水主《かこ》たちに五寸（約一五センチ）角の牛肉が、一日の食料としてあたえられるようになった。それも二十日ばかりのことで、その後は牛肉百匁《もんめ》（約三七五グラム）ほどが渡されるだけになり、かれらはそれを煮て汁をすすっていた。

年が明けた頃には、二つの牛の腿も食いつくしていた。

かれらは、狂ったように食べられるものを物色した。

下男、下女にならって桜の樹の皮を水につけて柔かくし、口に入れた。が、胸がつまって咽喉《のど》を通らず、それでも死をまぬがれようとして無理に呑《の》み込んだ。また、かれらは、台所に小麦の粉を入れてあった古い獣皮でつくった袋を見出《みいだ》した。この皮も食べてみようと考え、皮をこまかく切り刻んで煮て口にした。しかし、古い獣皮であるので柔かくならず、これを呑み下すのには難儀した。

恐るべき飢餓《きが》が、水主たちを襲っていた。

かれらは、所持した手拭《てぬぐい》を裂き、衣服の襟をはずして煮て口にしたりした。水を飲むだけで数日過すこともあった。

体が急速に衰弱して、歩くのも困難になり、用を足すにも壁づたいに行く。肩を落して坐り、身を横たえていた。

与惣松《よそまつ》、勘太郎、藤蔵の体に奇妙な症状があらわれていた。腿から足先までむくみ、腫《は》れが増すとともに皮膚が青く、やがて黒味をおびるようになった。そのうちに歯ぐきが腫れて黒ずみ、血が出はじめた。鼻から血が筋をひいて流れ出るようになり、眼も充血している。いずれも激しい痛みがあるらしく、かれらは呻《うめ》き声をあげていた。

四月五日朝五ツ（八時）、眼を半ば開いた与惣松の体が冷くなっているのを知った。光太夫と同じ若松村の出身で、親に頼まれて炊《かしき》として雇ったが、小まめによく働き、白子浦出船の折には十五歳であった。

光太夫は、その死を代官所の役人に報告した。

通夜《つや》が営まれ、役人が渡してくれた寝棺《ねかん》に遺体をおさめて水主たちがかつぎ、坂道をたどる役人の後に従った。行った所は寺（教会）の墓地であったが、役人の指示で墓地の柵《さく》外に穴を掘り、その中に棺《かん》をおろして埋めた。役人の話によると、ロシアの宗教の信者でない者の遺体は墓地に埋葬できぬ定めになっているという。盛土の上に与惣松の名を記した木標が立てられた。

それから六日後の朝七ツ（四時）、勘太郎が激しい苦悶《くもん》の末に息絶えた。志摩国小浜村（三重県鳥羽市小浜）の生れで、歯ぐきが腐って絶えずそこから血が流れていた。水主たちは、棺を墓地の柵外に運び、与惣松の墓標のかたわらに埋葬した。

五月に入って気温がゆるみ、雪の降ることは絶えた。

六日の八ツ（午後二時）頃、与惣松、勘太郎と同じ症状で病臥《びょうが》していた藤蔵が死亡した。二十四歳であった。墓地の柵外にある墓標は三つになった。

光太夫は、暗澹《あんたん》とした。船中で幾八が死亡した後、アミシャツカ島で七基、カムチヤツカで三基の墓標が立てられ、生き残っているのはわずかに六名だけになった。かれは、あらためて漂泊の旅がすさまじいものであるのを感じた。

混血児

藤蔵の埋葬を終えて間もなく、書役《かきやく》の家にいる水主《かこ》たちのもとに行った光太夫は、家の老いた下男から一人の男が家の戸口に訪れて来ていることを告げられた。男は、これまで光太夫たちに会ったこともない者だが、ぜひ話をしたいことがあると言っている、という。

ロシア領に漂着以来、未知の者の訪れを受けたことなどなく不審に思ったが、承諾すると、下男に案内されて、若いロシア人がかたい表情をして部屋に入ってきた。

男は、光太夫たちを見つめると、おずおずと口を開き、

「日本人、おいでか」

と、言った。

光太夫は、眼を大きく開いて男の顔を見つめた。それはまぎれもない日本語で、水主たちも呆気《あっけ》にとられたように男に視線を据えている。

光太夫は、男の皮膚がロシア人特有の白さで髪も赤みをおびているが、眼球が黒く幾分日本人に似ているようにも思えた。水主たちは、顔をこわばらせて黙っている。

男は、

「驚かれるのももっともです。御心中お察しいたします」

と、眼に涙をうかべて言った。

水主の中には、思いがけず故国の言葉を耳にして涙ぐんでいる者もいる。

「お眼にかかるには深い子細《しさい》あってのことです。その子細を申し上げます」

男は、眼尻《めじり》に湧《わ》いた涙をぬぐうと、

「私の父親は、南部（下北半島南部藩領）と申す所の生れの船乗りでございます」

と言い、訛《なま》りのある日本語でその素姓について話しはじめた。

光太夫は知る由《よし》もなかったが、その船乗りは、南部藩領佐井村（青森県下北郡佐井村）の竹内徳兵衛を沖船頭とする「多賀丸」（千二百石積・十八人乗り）の水主であった。

「多賀丸」は延享《えんきよう》元年（一七四四）十一月二十八日、大豆、干魚などを積んで佐井港を出船、江戸へむかう途中、下北半島沖で破船し、漂流して千島列島オンネコタン島に漂着。漂流中に七名が、さらに徳兵衛もその島でそれぞれ死亡した。たまたまコサックの隊長が部下を連れて島にやってきてかれら十人に出会い、保護しようとしてカムチャツカに連れてきた。

男の父親は、その一人であった。父親が日本の船乗りだったという話に光太夫は驚き、男の眼球が黒いのも父親の血をひいているからだ、と思った。

光太夫は、男の語る話に耳をかたむけた。

「オロシア国に漂着した父は、帰国できる手だてもなくこの地にとどまり、やがて私の母と夫婦《めおと》のちぎりを結びました」

光太夫は、小市たち水主と身じろぎもせず男の顔を食い入るように見つめている。

「夫婦渡世をするうちに子供三人出生いたし、惣領《そうりよう》が私で、妹が二人おります。私はキリロと申します」

そこまで話すと、キリロは表情を改めて父がどのような気持で日を過していたかについて語りはじめた。

父は、なにかにつけて自分と同じように破船漂流してロシア領に漂着し、この地に送られてくる日本人がいるはずだ、と言い、もしも来たらば故国のことをあれこれとききき、話し合いたいとそればかりを楽しみに過していた。しかし、四年たち五年が過ぎてもだれも来ない。

「父は落胆しましたが、もしも自分が死んだ後に日本の漂流民が来た折にお前たちが言葉が通じなければ、互いに話し合うこともできない。その時のためにお前たちに日本の言葉を教えておくと言いまして、毎日日本の言葉を熱心に指南してくれました」

そこまで話すと、キリロは急に顔をゆがめ、

「その父は悲しいことに昨年春に死去いたしました。父は日本人に会いたいとそればかり申しておりましたが、あなた様たちがこの地に来ていることをきき、父の代りに御挨拶《あいさつ》のため参上いたした次第です」

と言って、声をあげて泣いた。

キリロの父親の気持が、光太夫にはよく理解できた。ロシアに漂着したかれは故国へもどる望みを失い、ロシアの女を妻とし子ももうけた。故国を思う気持が強く、せめて漂着した日本人と会えることのみを念願とし、それも果せず異国の土となった。

キリロは、その願いもむなしく死亡した父の悲運を思い、声をあげて泣いている。

光太夫は、キリロの父の哀れな運命は自分たちのそれでもある、と思った。故国へもどるすべはなく、やがて老いさらばえて異国で生涯を終えるのか。

水主たちは涙ぐみ、無言で頭を垂れていた。

すすり泣く声がつづき、しばらくしてキリロが口をひらいた。

「この度の飢饉《ききん》はまことに恐しいものですが、皆様方はどのように過しておられます

か」

小市がキリロに眼をむけると、

「漂着したアミシャツカ島では明けても暮れても魚の塩蒸しばかりで穀物は一粒も口にせず、この地に来てようやく麦餅《むぎもち》（パン）を食べられるようになりました。しかし、それも今では食いつくし、ただ細々と生きているばかりです」

と、低い声で答えた。

キリロはうなずき、

「もっとものことです。恐らくそうであろうと思いまして、心ばかりのものを持って参りました」

と言って、手にした大きな紙袋を差出した。

受け取った小市が袋から取出したのは、大きな麦餅であった。水主たちは、一様に眼を輝やかせ、麦餅を見つめた。

キリロはおだやかな表情で、

「さてさて、これから十日ほど皆様方が御存命なされれば、海も川も氷が解け、食物に事欠くことはなくなります。それまではどうぞ力を落さず御存命なさい」

と、言った。

水主たちは、うなずいた。

「それでは、これにて御免下さい。また参ります」

キリロは、これも父から習ったのか両手を膝《ひざ》にあてて深く頭をさげると、部屋を出ていった。

小市がすぐに麦餅を食卓の上に置くと、他の者が小刀を持ってきた。それを小市が五等分し、水主たちはあわただしく口に入れた。

光太夫は、無言で眺めていた。

その後、キリロの言った通り気温が上昇して川の氷が解けはじめ、十日ほどたつと、町は騒然となった。下男や下女をはじめ人々は籠《かご》などを手にして道を走り、争うように川の方へむかう。水主たちも籠を手にしてその後を追い、光太夫もついていった。

川は様相を一変していた。水面が一斉に泡立ち、広い川が黒々と見える。それは海から川をさかのぼってきた小魚の大群で、町の者たちはバキリチイ、バキリチイと叫び合っていた。それは小魚の名であった。

バキリチイは鰺《あじ》に似た魚で、川の水が見えぬほどひしめき合いながら川上へのぼってゆく。川面は沸き立つように魚がしぶきをあげてはね、川岸にも魚の群が押されて躍り上り、岸ははねる魚におおわれていた。

人々は籠や笊《ざる》を手に岸にむらがって魚をつかみ、水主たちもそれにならった。籠はたちまち魚であふれ、水主たちは引返すと他の籠や皮袋を手にして川岸へ行く。かれらは、川岸と書役の家をあわただしく往《ゆ》き来した。

夕方、魚を水煮にして食べたが、類のないほどのうまさで、水主たちは喜びの声をあげながらむさぼるように食い、光太夫も口に運んだ。森閑としていた町は賑《にぎ》わい、役人、下男、下女の顔にも喜びの色が満ちていた。

水主たちは連日、朝から川岸に行ってバキリチイを拾った。キリロも姿を見せ、水主たちの姿を頬をゆるめて眺めていた。

水主の中でひときわ元気であった磯吉が、悪寒《おかん》がすると言って身を横たえるようになり、やがて高熱を発し、胸一面に赤い発疹《ほっしん》が現われた。その症状に疫病《えきびょう》（伝染病）ではないかと疑った光太夫は、水主たちから隔離した方がよいと考え、役人にその旨《むね》を伝えた。役人はすぐに諒承《りょうしょう》し、代官所の裏手にある小さな家に磯吉を移した。

キリロは、水主たちの中で最も若い磯吉と親しくなっていて、しばしば磯吉のもとにやってきては日本の生活、風習などをたずね、磯吉も繁華な江戸の町々のことを話したりしていた。光太夫のもとを訪れてきたキリロは、磯吉の発病を知って驚き、光太夫はかれを磯吉の病臥《びょうが》している家に連れて行った。

「どのような塩梅《あんばい》ですか」

磯吉の寝台に近づいたキリロは、気づかわしげにたずねた。

「頭が痛く、息が苦しい」

磯吉は、顔をしかめて弱々しい口調で答えた。

「これはいけません。ひどい熱だ」

磯吉の手をにぎったキリロは、表情を曇らせ、

「なにか薬はのんでいますか」

と、たずねた。

磯吉は、首をふった。これまで船親父《ふなおやじ》の三五郎をはじめ十一人が病死したが、薬などなく、なんの手当も受けることなく息絶えた。アミシャツカ島とちがいこのカムチャツカでは薬もあるはずで、代官に頼んで、薬をもらおう、と光太夫は思った。

「知り合いの医者がいます。来てもらいます」

キリロは、磯吉の手を強くにぎりしめると、あわただしく部屋を出ていった。

しばらくすると、キリロが、白い髭《ひげ》をはやした体の大きい高齢の男と若い女とともに部屋に入ってきた。男は医者であった。

医者は、磯吉の胸をはだけさせるとしばらく掌を置き、ついで眼をのぞきこみ、舌

を出させて見つめた。かれは、納得したらしく何度もうなずくと、茶色い鞄《かばん》から大きい膏薬《こうやく》を取り出し、それを磯吉の胸一面に貼《は》った。

医者はキリロにむかって声をかけ、「毎日来ル」「熱ハサガル」と言っていることが光太夫にもわかった。さらに女に顔をむけると、

「額ニ濡《ぬ》レタ布ヲ当テナサイ」

と、言った。

女は、うなずいた。

光太夫は、女が部屋に入って来た時から余りの美しさに驚いていた。なめらかな顔の肌が透き通るように白く、形のよい唇が赤い。眼球はキリロとちがって青く、宝石のように見える。

「妹のエレナです。看病させます」

キリロが、光太夫に言った。

医者が寝台のかたわらをはなれ、キリロが見送りに出ていった。

エレナが、かかえてきた茶色い紙袋から大きな麦餅を出し、

「食べますか」

と、首を少しかしげて磯吉に声をかけた。

エレナの口から日本語がもれたことに、光太夫は思わずエレナの横顔を見つめた。キリロの父が、日本の漂流民と会った時言葉を交せるようにと、キリロとともに二人の妹にも連日日本語を教えていたということを思い出した。

「はい」

磯吉は、答えた。

うなずいたエレナが小刀を取り出して麦餅を薄く切り取り、磯吉の口の前に差出した。

「スパシーボ」

磯吉は、かたじけなしというロシア語を口にし、それを手にすると口に入れた。

キリロがもどってくると、エレナになにか言った。エレナはすぐに出てゆくと、水を張った盥《たらい》を持ってきて、布を水にひたしてしぼり、磯吉の額の上にのせた。

翌日から医者が、連日、磯吉のもとに来て膏薬を貼り替えてくれるようになった。

光太夫は、医者への謝礼が気がかりであった。故郷の村では医者にかかれるのは裕福な家の者にかぎられ、一般の村人は重い病いにおかされても売薬をのむのがせいぜいであった。毎日かかさず往診してくれる医者の診療代は、莫大《ばくだい》なものになるにちがいなかった。

医者を連れてきたキリロが、それを負担するとでもいうのだろうか。キリロは硝子《ガラス》製品を売って生活の糧《かて》を得ていると言っているが、それは小商《こあきない》であるはずで、かれにすべてを負わせるわけにはゆかない。

光太夫は、代官の部屋を訪れた。

代官は、たどたどしいロシア語で事情を訴える光太夫の話をきいていたが、

「ヨロシイ。代官所デ支払ウ。心配シナイデヨイ」

と、言った。

光太夫は、頭をさげると部屋を出た。

かれは、磯吉も治療費のことを心配しているにちがいないと思い、磯吉のもとに行ってそのことを告げた。磯吉は安堵《あんど》したらしく、嬉《うれ》しそうにうなずいていた。家の老いた下女が、夕刻に水煮にしたバキリチイを磯吉のもとに運んでいたが、磯吉は食欲がないらしく二、三尾口にしただけのようだった。

川に充満していたバキリチイの数が徐々に減少し、ほとんどその姿が見られなくなると、代りにチェブチャという魚が海方向から川をのぼってきはじめた。それは鰤《ぶり》に似た大きな魚で、川が盛り上るほどひしめき合いながら川上へとむかってゆく。押され押されて岸にはね上り、人々はそれを拾い、網を張る者は日に三、四百尾も家に持

ち帰っていた。その魚の味もよく、光太夫たちは満足していた。

キリロが夜、訪れてきて、磯吉の熱がさがり、もう心配はないと医者が言ったということを伝えてくれた。

「膏薬の熱とり療治がききました」

キリロは、安堵したように言った。

「お心をかけていただき、ありがとうございました」

光太夫は頭をさげ、診療費は代官所で支払ってくれることになっていると言うと、キリロは、

「私が支払うつもりでいましたが……」

と言い、やはり安堵したらしくうなずいていた。

翌日も朝から水主《かこ》たちは、下男、下女たちとともに籠や笊を手にチェブチャを拾うため川岸へ出掛けていった。

代官所の部屋に残った光太夫は、熱もさがったという磯吉を見舞おうと思い、代官所の裏手にまわった。川の方からかすかに人のざわめきがきこえ、川岸に多くの人がむらがって岸にあげられはねている魚を拾っている姿が思い描かれた。

磯吉が療養している小さな家に近寄って片開きの戸を静かにあけた光太夫は、その

場に立ちつくし眼を大きく開いた。板敷きの床に女が両膝をつき、磯吉が片膝をついておおいかぶさるように女の体を抱いて顔を密着させている。女の顔と首は桃色に染まり、優美な鼻の形で女がエレナであるのを知った。

磯吉は、顔をのけぞらせたエレナの唇に唇を押しつけている。エレナの赤みをおびた柔かそうな髪が、小刻みにふるえている。アミシャツカ島では船が新造成った時に男たちが体を抱き合って唇を吸い合い、カムチャツカに来てからも夫婦らしい男女が同様のことをしているのを何度か眼にした。光太夫には、それがはしたない風習に思えて眼をそらせるのが常であったが、磯吉はエレナの唇を吸っている。

光太夫の足は動かず、体をかたくして立っていた。二人の姿に激しい情事を見ているような思いであった。

人の気配を感じたらしく、磯吉が顔をあげ、光太夫に眼をむけた。顔が赤らみ、ひどく興奮しているらしく眼が血走っている。エレナは眼を閉じた顔を磯吉の胸にもたせかけ、磯吉の背にまわした両手の細い指が衣服をかたくつかんでいる。

磯吉の眼に一瞬、気恥しいような色がうかんだが、腕はエレナの華奢《きゃしゃ》な体を抱きしめたまま動かない。

光太夫は、背をむけると戸のかたわらをはなれた。

眼の前にきらびやかな朱の色がひろがっていて、かれは宙に浮くような足取りで歩いた。口の中が乾き、かれは何度も唇をなめた。あてもなく川に通じる道を歩いていった。エレナのすんなりのびた首筋と、小刻みにふるえていた髪が眼の前にちらついていた。エレナの肌は白いというより青みをおびていて、高い鼻は高貴な細工物に似て見える。青い瞳《ひとみ》ははるか遠くを見つめているような神秘さにみち、唇は清らかにひきしまっている。

恐らく磯吉は、初めエレナの美しさに眩《まぶ》ゆさを感じて視線をそらせがちだったにちがいないが、額に濡れた布をあててくれるエレナの体の芳《かぐ》わしい香に、磯吉はエレナの手を自然につかみ、引き寄せたのか。それとも彫りの深い顔をした磯吉に魅せられたエレナの方から、身を寄せるような仕種《しぐさ》をみせたのか。

磯吉は、異国の女に手をのばすことなど思いもしなかったのだろうが、感情のたかまりを抑えきれず抱きしめたのだろう。夢中になって唇を吸ったのは、エレナの方かも知れない。

「船頭、どこか体の具合でもお悪いのですか」

黙しがちの光太夫に、夕食時、小市が声をかけてきた。

「いや、なんでもない」

光太夫は、かすかに首をふった。

翌日からかれは磯吉の家に足をむけることはせず、水主たちと連れ立って川岸に行き、チェブチャを拾ったり網をかけたりする人々の動きを眺めて過した。

五月も末になるとチェブチャの数が急に減り、代りに鮭《さけ》の遡行《そこう》がはじまった。その情景は壮観で、川が鮭の群れそのものに見え、人々は網をかけ、川の浅瀬に踏みこんで鮭をつかむ。捕えた鮭は縄を通して家に運び、腹に抱く卵を取り出して塩漬けにし、冬の貯蔵食料とする。

夕方、キリロが代官所の部屋に住む光太夫を訪れてきた。光太夫は、キリロのかたい表情に瞬間的に妹のエレナと磯吉のことで苦情を言いに来たのではないか、と身がまえるような気持になった。

キリロの口からもれる言葉をきいていた光太夫は、訪れてきた目的が別であることに安堵すると同時に緊張もした。キリロは、ロシア領に漂着した自分の父親とその仲間の水主たちのことについて熱っぽい口調で語りはじめた。

キリロの父とその仲間の水主たちは、故国へ帰ることを狂おしいばかりに日夜願い、悶《もだ》え苦しみながら日を過した。しかし、やがてそれは到底かなわぬことだとさとり、ようやく諦《あきら》めの気持もきざして異国の地で生きる以外にないことを知ったのだ、とキリロは言った。

「父を身近に見ていた私は、父たちと全く同じ境遇のあなた様方を他人ごととは思えません」

キリロは、光太夫に視線を据えた。

光太夫は、粛然とした気持でキリロの話に耳をかたむけていた。故郷白子浦を出船して以来、生き残っているのは六名で、今後どのような運命が待ちかまえているのかわからない。この地の代官は、光太夫たちがロシアの都に行って皇帝に会い、帰国を願い出ればかなうこともあるだろう、と言った。しかし、そのようなことが現実のものとなるとは到底思えない。もしも、そのようなことがあるとしたら、昨年亡《な》くなったというキリロの父とその仲間たちも故国へもどることができたはずだが、実際にはそのようなことはない。自分たちが父や仲間と全く同じ境遇である、というキリロの言葉が胸にしみた。

キリロが、再び口をひらき、

「父は母と夫婦《めおと》になってからようやく気持が落着いたようでした。母と仲睦《むつま》じく私たち子供も可愛《かわい》がってくれ、家は常になごやかな雰囲気でした。故国へもどることは所詮《しよせん》かなわぬことであり、あなた様方も父と同じようにこのオロシアで平穏に生きてゆくのがよろしいのではないでしょうか」

と、説くように言った。

さらにキリロは、もしもそのような気持になったなら、暮しが十分に立つ職業につけるよう世話をする、と真剣な眼をして言った。

光太夫は、キリロが自分の考えを率直に述べているのはわかったが、キリロの胸の底にはエレナと磯吉のことがひそんでいるのを感じた。キリロは、妹が磯吉と唇を吸い合うような間柄になっているのを敏感にさとっているにちがいない。磯吉に好感をいだくキリロは、それをむしろ好ましいことと考えているのではないだろうか。

眼を閉じて磯吉に抱かれていたエレナの顔がよみがえり、エレナは磯吉の妻となることを強く願っているにちがいない。そうした妹の望みをかなえさせるには、磯吉をこの地にとどまらせなければならない。キリロが磯吉をロシアにとどまらせるには、まず船頭の光太夫を説得することからはじめなければならない。キリロは自分の父の生き方を思い起し、光太夫たちが、たとえ異国の地であろうとも平穏に生きてゆくことができると思っているのだろう。

「いかがですか。帰国は到底かなわぬことであり、オロシアにとどまるお気持があるのでしたら、私がすべてお世話いたします」

キリロは、うかがうような眼をして言った。

不意に激しい勢いで胸に突き上げてくるものがあった。それは、抑えがたい怒りに近いものであった。

「私たちは、毎日ひたすら故国へ帰ることのみを願って生きています。それ以外のことはさらさら考えたこともありません」

光太夫の語気は荒く、眼はキリロの眼を射ぬくように光っていた。

激しい言葉と光太夫の憤《いきどお》りにみちた表情に、キリロは絶句し、眼におびえの色がうかんだ。

ロシアにとどまれば穏やかな生活が得られるというが、光太夫は、それならばむしろ死を選んだ方がいい、と思った。すでに仲間は十一人死亡し、生き残った自分たちは、なんとしてでも故国へ帰る。死んだ者たちは望郷の念をいだきながら息絶えたが、かれらの霊を胸にかかえて故国へ帰る。不意に光太夫は、眼に涙がにじみ出るのを感じた。

キリロは口をつぐみ、光太夫から視線をそらせていた。

長い沈黙がつづき、やがてキリロが光太夫に眼をむけた。

「それほどに故国へもどりたいと思っておられるのですか」

キリロは、深く息をつくと、

「その願いがかなうとは思えませんが、それまでお考えなら、さしあたり願い書を役所に差出したらいかがですか。私の懇《ねんご》ろにしている役人がおります。その役人に頼んでさしあげます」

と、言った。

たかぶった感情がしずまり、光太夫は落着きをとりもどした。

故国にもどろうと個人的に願っても、なんの意味もなく、役所が動き容認してこそ初めてその道がひらける。日本と同じようにロシアでも書面で役所に願い出るのが正道なのだろう。

光太夫は、キリロの顔に眼をむけた。

「たしかに故国へ帰ることを願う書面を、役所に提出するのが先決でしょう。それをしなければ何事もはじまらぬ」

光太夫は、自分に言いきかせるようにつぶやいた。

かれは少しの間思案していたが、顔をしかめ、

「自分から申すのも気がひけますが、読み書きはしっかりと身につけているつもりです。しかし、日本の文字で願い書をつづってみたところで、どうにもなりません」

と、自嘲《じちょう》気味に言った。あらためて、日本から遠くはなれた異国の地に来ているのを感じた。

キリロは、しばらくの間黙って光太夫の顔を眺めていたが、

「それでは、オロシア語で願い書が書けるようにオロシア語の手習いをしたらいかがです。私がその稽古《けいこ》をつけてさしあげます」

と、言った。

思いがけぬ言葉に、光太夫はキリロの顔を見つめた。ロシア文字を何度か眼にしたが、それは文字とも思えぬ奇妙な記号のようなもので、関心もいだいていない。しかし、その組合わせによって文章が形づくられるのは、日本文同様なのだろう。故国へもどる手立てを見出《みいだ》すには役所に願い書を提出する以外になく、そのためにはロシア文字とそれによる文章を書くことができなければならない。

果してそのようなことが、自分にできるだろうか。

かれは幼時のことを反芻《はんすう》した。寺子屋に通う前は、むろん文字の読み書きなど全く知らなかったが、寺子屋で教えを受けているうちに興味をいだき、その後は独学で漢字にも習熟し、自在に文章をつづれるようになっている。無知のロシア語も、幼い時と同じように第一歩から学んでゆけば、そのうちに文字をおぼえ文章をつづることが

できるかも知れない。

キリロはむろん幼い頃からロシア語にかこまれて育ち、それに精通しているはずで、しかも父から教えられて日本言葉まで話すことができる。このような人物には今まで会ったことはなく、今後も出てこないにちがいない。キリロのような人物に出会えたことはまことに幸運で、ロシア文字を教えてもらう絶好の機会だ、と思った。

「オロシア文字の稽古をつけていただけますか」

光太夫は、キリロに言った。

キリロは、光太夫がロシアにとどまる気持は全くなく、役所に願い書を出してあくまでも帰国の道を探ろうとしているのを感じ、しばらくの間、口をつぐんでいた。

「それでは、夜、時間があるかぎりここに来て御指南しましょう」

キリロは抑揚の乏しい声で言うと、軽く頭をさげて部屋を出ていった。

光太夫は、椅子《いす》に深く腰をおろし、自然に磯吉のことを思った。

磯吉は病いが癒《い》えたようだが、依然として他の水主たちと共同生活はせず、療治のためあたえられた代官所の裏手の小さな家に寝起きしている。キリロの妹のエレナは、恐らくその家に足しげく通い、磯吉との仲はさらに深まっているにちがいない。女の情としてエレナは磯吉とともに過すことを願い、ロシアの地にとどまるよう強くすすめ、兄のキリロもそれに同調しているはずであった。

キリロの話では、かれの父は洗礼を受けて結婚し、洗礼名もあたえられたという。日本では異国の宗教を信仰する者はキリシタン禁制によって極刑に処せられ、キリロの父は洗礼名を受けたと同時に日本へはもどれぬ身になった。磯吉も同じ轍《てつ》をふむ恐れが多分にあり、光太夫は落着かない気分であった。

翌日の夜、キリロが訪れてきて、その後、日が没すると姿を見せるようになった。キリロは、鳥の羽でつくった筆で紙にロシア文字を書く。それは、日本の文字のいろはに相当する文字で、さらに小文字もある。キリロは文字を書いてその呼び方を口にし、光太夫は文字のかたわらに片仮名で呼び方を書き添えた。

光太夫がロシア語のいろは文字を学び終えると、ついでキリロは体の諸部分の名称をロシア文字でつづり、さらに諸種の器物を文字で書くようになった。光太夫は、それらを反復して暗記し、キリロの書いてくれた文字を矢立の筆で繰返し書く。そのことが帰国の道を見出す唯一《ゆいいつ》の方法であると考え、かれは、時間を惜しんで習熟することにつとめた。

ある朝、書役の家で食事を終えて代官所にもどると、カピタンの部屋に呼ばれた。カピタンとは、日本の御徒目付《おかちめつけ》に相当する役職名であるようだった。

長い旅

カピタンは、

「私ハ、コノ地デノ役人トシテノ任期ヲ終エタ。妻ト共ニオホーツクニ戻ル」

と、眼を輝やかせて言った。

さらにかれは、代官から光太夫たちも連れてゆくように命じられていると言い、出発日は六月十五日だという。オホーツクに行くには、このカムチャツカの西方にある海岸のチギリまで行き、そこから船で海を渡ってオホーツクに行く。

「仕度ヲシテオイテ下サイ」

カピタンは、言った。

思いがけぬ指示に驚いた光太夫は、書役《かきやく》の家に行って水主《かこ》たちを集め、小市に磯吉を連れてくるよう命じた。やってきた磯吉は、肉づきもすっかり良くなっていて、光太夫に照れ臭そうな眼をむけた。

光太夫は、水主たちにカピタンの言葉をつたえた。

「カピタンが戻ることを喜んでいるところをみると、このカムチャツカよりオホーツクの方が恵まれた地であることはたしかだ」

光太夫は、カムチャツカの食料はオホーツクより送られてきていて、そのことから考えてもオホーツクには食料が十分に貯《たくわ》えられていて、カムチャツカで飢えに苦しんだようなことはないはずだ、と言った。

「それに、アミシャツカ島からこのカムチャツカに上陸した時のことだが、海岸で迎えてくれた代官の口にした言葉を思い出して欲しい」

光太夫は、水主たちを見まわした。

その時、代官は、「コレヨリ、都へ近ヅクニツレテ食物ヲハジメ何事モ不自由ハナクナル」とつたえ、さらに「皇帝ニオ願イスレバ、故国ノヤッポンスカヤニ帰ルコトモデキル」と言った。

「都へ行き皇帝に会うなどとは、私も信じはしない。私たちをはげまそうとして言ったにすぎないのだ。それはそれとして、代官は、カピタンに私たちをオホーツクに連れてゆくことを命じている。喜んでそれに応じるべきだと思う」

光太夫が言葉をきると、

「この地にいては飢えて死ぬ」

「オホーツクとかいうその町にぜひ行きたい」

と、水主たちは口々に言った。

「それでは、まずチギリという地に行きオホーツクにおもむく。六月十五日出発ということだ、仕度をしておくように……」

光太夫の言葉に、水主たちはうなずいた。

光太夫は、カピタンと詳細に旅の打合わせをした。

カピタンは、食料が第一の問題だと言った。まずおもむく海岸のチギリは、川に魚が海からのぼってくる地ではあるものの食料の貯えは乏しく、そこから船でオホーツクまでゆく間の食料の調達は無理だという。そのため、オホーツクまでの船中の食料は、このカムチャツカから持ってゆかねばならぬ、とカピタンは言い、小役人に命じて小麦の粉で製したかき餅《もち》のようなものを六袋、光太夫に渡してくれた。

出発の日が近づくにつれて、光太夫は磯吉のことが気がかりで夜も寝つかれぬようになった。

磯吉と唇を吸い合い体を抱かれていたエレナは、光太夫が戸口に立っていることも気づかずしなやかな体をのけぞらせていた。それは身も心も恍惚《こうこつ》と磯吉に託していることをしめしていた。その姿態からも、エレナは毎日磯吉が一人住む家に通い、磯吉に体を抱かれ、唇を吸われているにちがいない。

磯吉も、食事の時には書役の家の食堂に姿をみせはするが、代官所の裏手の家に定住したようにその家からはなれない。家は、エレナと甘美な時間を過す場になっているのだろう。当然、磯吉とエレナはひんぱんに肉体交渉をかさねているはずであった。二人は性の喜びに身をふるわせ、エレナは涙を流すことも多いにちがいない。

これまで水主たちと苦難にたえて過してきた光太夫は、一人残らずそろってオホーツクに行きたかった。それが水主たちの生命をあずかる船頭としての責務であった。しかし、エレナとかたくむすばれた磯吉は、このカムチャツカにとどまる恐れがある。かれは教会でエレナと婚姻の式をあげ、洗礼を受けてロシア名をさずけられる。キリロとエレナの父と同じように家族にかこまれてやがて老い、ロシアの土に化す。

光太夫は、居ても立ってもいられぬような思いであった。同じ村の出身で船親父《ふなおやじ》の三五郎の悴《せがれ》である磯吉とは、共に生きて、なんとしてでも日本にもどりたかった。しかし、その望みは、ここに至ってついえようとしている。

出発の六月十五日の朝を迎えた。空は厚い雲におおわれていた。

光太夫は、前日の夕食時に書役の食堂に来た磯吉に、明朝、オホーツクへの中継地チギリにむかうので舟の発着所にくるようつたえた。チギリへは舟で川をさかのぼる。

磯吉は、かすかにうなずき、そうそうに食事をすますと食堂を出ていった。

出発の日、早目に朝食をすませた光太夫は、代官所の者たちに挨拶《あいさつ》して舟の発着所に行った。そこには長さ五間（約九メートル）幅三尺（九〇センチ強）の丸木舟が三艘《そう》つながれていた。

発着所には、荷物を手にしたチギリへむかう人々が集まってきていた。カピタン夫妻をはじめロシア人十五名であった。

光太夫は、発着所に小市、庄蔵、新蔵、九右衛門が一個所に寄りかたまっているのを眼にしたが、磯吉の姿はない。小市たちは、無言で代官所に通じる道に眼をむけている。かれらも磯吉がエレナと深い関係にあることに気づいていて、磯吉がこの地にとどまる恐れがあることを知っているらしく、一様にその表情はかたかった。

光太夫も道に眼をむけ、やはり磯吉はこの地にとどまることを決意したのだ、と思った。

胸の中に突然うねるようなものが湧《わ》き、それが激しさを増して眼の前がかすんだ。磯吉と別れれば、二度と会うことはない。かれは道を引き返し、磯吉の衿《えり》をつかんで引きずってきたかった。恩義のある船親父の倅である磯吉を、この地にとどまらせては申訳ない。たとえ故国へ帰ることはできなくとも、互いに死ぬまで身を寄せ合って生きてゆかねばならない。かれは、大きな声で叫びたい衝動にかられた。磯吉は、雪と氷におおわれたこの地の土中に身を沈めようとしている。

しかし、とかれは思った。三五郎をはじめ十一人は死亡し、この漂泊の旅では別離は避けがたいことで、それは自分たちの宿命でもある。磯吉は、はからずもエレナを知り、互いに強くひかれ、はなれがたい間柄になっている。たとえ異国の娘であっても、それは男女として幸せと言うべきなのだろう。エレナの情にひかれた磯吉がこの地で生涯を終えるのも、行く末なんの望みもない自分たちの一つの生き方かも知れない。かれはよろめきかけ、涙が頰を流れるのを感じた。

光太夫は道に眼をむけていたが、不意に声をあげた。手荷物を持った男が近づいてくるが、それは磯吉で、顔を伏せ気味にして歩いてくる。その後からキリロが、布を口もとにあてたエレナとともについてくるのも見えた。異様な雰囲気で、水主たちも三人の姿に視線をむけている。

磯吉が小走りに近寄ってきて光太夫の前で足をとめると、

「遅くなりました。申訳ありません」

と言って、頭をさげた。

かれの顔は青白くこわばり、眼が赤らんでいる。

「出発シマス」

カピタンが、光太夫に声をかけてきた。

ロシア人たちがそれぞれ荷物をさげて二艘の丸木舟に乗り、カピタンの妻も手をそえられて舟に入った。

光太夫は、立ちつくすキリロに近寄った。ロシア文字の稽古《けいこ》をつけてくれたかれに、感謝の意をつたえたかった。

「お世話になりました」

光太夫は頭をさげたが、キリロはかすかに応じただけでその表情はこわばっていた。

エレナの顔を見るのが耐えがたかった。頬は涙に濡《ぬ》れ、唇が激しくふるえている。眼は光太夫の後方にいる磯吉にむけられている。

エレナに別れの言葉をかける雰囲気ではなく、光太夫は背をむけると、小走りに発着所にむかった。水主たちは、すでに最後尾の舟に身を入れていて、光太夫はそれに乗った。

屈強な原住民の若い男が二人乗っていて、かれらは櫂《かい》をつかむと岸から舟をはなさせた。カピタンらが乗った舟はすでに川を上流にむかっている。

光太夫は、はなれてゆく川岸に眼をむけた。キリロは身じろぎもせず立ち、かたわらに華奢《きやしや》な体をしたエレナが口を布でおおってキリロに身を寄せている。泣き声がかすかにきこえ、それが急に物を引き裂くような激しい泣き声に変った。

磯吉は頭をかかえてうずくまっている。泣いているらしく肩が小刻みにふるえている。舟は、前方の二艘の舟を追って流れにさからって進んでゆく。

岸に立つ二人の姿が遠ざかり、その後方に徐々に山肌がひろがった。

光太夫は、小さくなってゆく二人の姿を見つめていた。

原住民の男は力強く櫂を操っていたが、川の流れにさからってゆくので舟の動きは遅々としている。両岸の樹木はまばらで山肌がせまり、川にも岩石が多く、流れのはやい瀬が所々にあった。

男たちは時折り舟を岸に寄せて休息をとり、さらに櫂を手にして舟を進ませる。水主たちは無言で、磯吉は身じろぎもせず頭を垂れていた。

夕刻、舟は流れの淀《よど》んだ岸につき、光太夫たちは岸にあがった。ロシア人たちが原住民たちと、運んできた大きな布を樹木と樹木の間に屋根のように張り、他の者たちは林の中から拾ってきた枯枝で火を熾《おこ》した。干鮭《ほしざけ》を焼き、沸かした湯を飲んで食事をとり、張られた布の下で身を横たえた。

そのようにして野宿をかさねながら舟の旅がつづき、時には小さな集落があって家に分宿し、そこで舟を乗りかえ上流にむかうこともあった。

そのうちに舟での遡行《そこう》は不可能になり、上陸して山道をたどった。急な登りの個所もあって、光太夫たちはカピタンたちと息を喘《あえ》がせながら道をたどった。

やがて峠につき、そこから少し下ると川沿いに小集落があり、その地で一泊して翌朝、三艘の丸木舟に分乗した。

川を下る舟の速度ははやく、途中野宿を一回しただけでチギリの船着場に着岸した。人家百五十戸ほどの町であった。

上陸した光太夫たちは、カピタンに伴われて代官所へ行き、代官に挨拶した。

「ココニ来タノハ、早スギタ」

代官は、顔をしかめて光太夫たちに言った。

例年、この時期に鮭が川をのぼってくるが、今年はまだチギリへは姿を見せていないという。

「チギリハ、食物ガ非常ニ少イ。アナタタチニ食ベサセル物ハナイ」

代官は口もとをゆがめ、浜辺に行けば魚は少しはあるのでこれからただちに浜辺へ行くようにと指示し、

「ココニイテモラッテハ困ル」

と、言った。

カピタンは、気の毒そうな表情をして黙っていた。光太夫は、冷淡な代官だと思ったが、それに従うほかはなく、カピタンと別れて小役人に連れられ代官所を出ると、川岸にそった下り傾斜の道を歩いていった。

一里（約四キロ）ほど行くと、前面に広い海が見え、役人は浜辺に建つ小屋に案内した。

光太夫は、食物をどのように入手してよいのか不安になって、小役人にたずねた。

小役人が、説明した。

「代官様ガ、コノ浜辺ノ村ニオ触レヲ出シテアル」

この村の川が海と接する所には、すでに沖からの鮭が川をさかのぼろうとして姿を見せている。代官は、浜辺の民家に鮭を二尾とったら一尾を、一尾とったら半身を必ず日本人にあたえるように、と命じているという。

光太夫は半信半疑だったが、小役人が去った後、浜辺の者がつぎつぎにやってきて鮭を置いていった。代官の冷淡な態度に不快感をいだいていた光太夫は、代官を見直すような思いであった。代官は事務的な性格で、実状をありのまま伝えながらも光太夫たちを飢えさせぬよう配慮していることを知った。

たしかに川が海に注ぐあたりには鮭が来ていて、人々が川に入って鮭をつかみ岸にあげている。そのうちに日を追うて鮭の数が急速に増し、水主《かこ》たちも鮭をとるため川に足を踏み入れるようになった。

磯吉も他の水主とともに鮭をつかみ、火を熾して焼いたりしている。表情は沈んでいて、口数が少かった。

光太夫は、磯吉に声をかけ、浜に行くと並んで坐《すわ》った。

「エレナとのことをきかせて欲しい。船頭としてお前たちのことをすべて知っておかねばならない。かくし立てをせず話してもらいたい」

光太夫は、海に眼をむけている磯吉の横顔を見つめた。

磯吉は、少しの間口をつぐんでいたが、

「エレナとは密通いたしました」

と、顔を伏せたまま言った。

やはり、と光太夫は思った。唇を吸い合っていた二人が、そのままの関係であったはずはない。磯吉は、寝台の上でエレナの華奢な体を抱き、性交を繰返したのだろう。

キリロが光太夫たちにロシアにとどまるようすすめ、そのためには職も斡旋《あっせん》すると持ちかけたが、エレナと肉体関係を持った磯吉には強くそれを求めたにちがいない。

「キリロから、エレナと生涯共に過すように言われたのではないのか」

光太夫は、磯吉の顔をのぞき込むようにたずねた。

磯吉は頭を垂れてうなずき、光太夫に顔をむけると、

「エレナには泣かれました。激しく泣かれました」

と、かすれた声で言った。

眼に涙が湧いている。

「私を置いて行かないでくれ。教会に行って夫婦《めおと》になりたい、あなたと生涯はなれずにいたい。行かないでくれ、と私に狂ったようにしがみつき、泣きました」

磯吉は、思い出すらしく辛《つら》そうに顔をゆがめた。

光太夫は息をつき、うなずいた。日本人とは異なってロシア人は感情表現が激しく、エレナが泣きくどく様子が想像された。

「私は気持もくじけかけました。エレナは美しく、気持も清らかな娘です。夫婦になって共に過したいと心から思いました」

磯吉は頭をかかえ、言葉をつづけた。

「しかし、カムチャツカの地にとどまって死を迎えれば、一年の大半を雪と氷におお

われる土の中に葬《ほうむ》られます。私は、梅の花を思いうかべました」

「梅の花？」

「そうです。故郷の村に咲く梅の花です。海は凍ることなく春には草が萌《も》え出て花が開き、夏は緑一色となります。死んだ折には梅の花の咲く菩《ぼ》提寺《だいじ》の墓地に葬られたい」

磯吉は、深く息をついた。

光太夫の眼の前にも、故郷の村の美しい情景がひろがった。かれは、海に眼をむけた。

「故郷にもどれることなどかなわぬ夢なのでしょうが、カムチャツカの地で生涯を終えたくはありません。情に負けてはいけない、と、心を鬼にしました。エレナの父親が故国へ帰りたいと切に望んだように私も帰りたいのだ、と繰返し言いました」

「納得したのか」

「ようやく……」

磯吉は、頬を流れる涙を手で拭《ぬぐ》った。

恐らくエレナは、自分の父親が絶えず故国へもどりたいと願っていた姿を見ていただけに、磯吉の願いも無理はないと考えたのだろう。エレナが哀れに思えた。

思いついたように磯吉が、衣服の内側に手を入れると上質の紙に包んだものを取り出し、開いてみせた。柔かそうな赤みをおびた毛髪と銀の指輪であった。説明されるまでもなく、それはエレナの髪と指輪にちがいなかった。

二人は、無言で海に眼をむけていた。

光太夫は、エレナが自分の髪を切って磯吉に手渡す情景を思い描いた。恐らくエレナは、自分の肉体は常に磯吉とともにあることをしめすため、別離の折にそれを磯吉に渡したのだろう。その柔かそうな髪に、エレナと磯吉の情愛の深さが思われた。エレナは磯吉と絶え間なく唇を吸い合い、抱き合って情交を繰返した。異国の者同士であっても、男と女の営みに変りはない。

磯吉が泣いてすがりつくエレナを振り切って光太夫たちと行を共にしたのは、尋常の努力ではなかったのだろう。磯吉をカムチャツカに残さずこの地まで連れてこられたことを、光太夫は幸いだと思った。

「一緒に梅の咲く故郷へもどろう」

光太夫は、眼をうるませて言った。

磯吉は、涙ぐんでうなずいていた。

鮭は、川の色が変るほど海から押し寄せて上流にのぼってゆく。鮭が押し合いへし合いして、岸にはねあがるものも多かった。

オホーツクに共に行くカピタンが浜辺の小屋に姿を見せ、チギリにも鮭が遡行してきて町は賑《にぎ》わい、鮭を網で大量にとっている者もいる、と言った。オホーツクから荷物をのせてチギリにくる船もあるので、帰航する船に乗って近々オホーツクにむかうという。

重要なのは食料で、航行中飢えにさらされぬためにかなりの量の食料を船に積み込まねばならない。食料と言えばさしずめ鮭で、樽《たる》に塩漬けにしたものを今から用意しておく必要がある、と言った。

その言葉に従って、光太夫は水主たちがとった鮭を開いて半身にし、樽に入れて塩漬けにさせた。

出船の日が近づき、光太夫たちは車輪が二つだけついた荷車に樽をのせて船着場に運んだ。そこには帆柱が一本の四百石積みほどの船が待っていた。その船は、オホーツクからチギリに荷を運んで来て帰る船なので、荷は一切積まれていず、樽に入れた多量の水と食料が積み込まれた。

オホーツクにおもむく乗客が船着場に集まっていて、光太夫とカピタン一行以外に八十名ほどの男女が船に乗り込んだ。

八月一日朝、船はチギリを出帆した。

船は、昼夜をわかたず西にむかって進みつづけた。光太夫たちは、カムチャツカから持ってきたかき餅《もち》のようなものを口にして過した。熱湯をみたした容器の中にそれを入れると、麩《ふ》のように柔かくなり、匙《さじ》ですくって口に運ぶ。味はなかったが、空腹がいやされ満足だった。

そのかき餅のようなものも十日ほどたつと尽き、樽の中の塩漬けにした鮭を口にするようになった。

光太夫たちは不安になった。通常チギリからオホーツクまで航海するには一カ月近くを要するというが、早くも飲料水が乏しくなりはじめていた。カピタン一行十五名と光太夫たち六名以外に八十名ほどの者が乗船しているが、その需要をみたすには食料も水も不足であることがあきらかになっていた。

光太夫はカピタンと話し合い、自分たちの持ち込んだ食料、飲料水は厳重に管理することを申合わせた。一日に食べる鮭の量を少量にし、水も一日に二回茶碗《ちゃわん》一杯ずつとして、他の一般乗船者には手をふれさせぬように定めた。

日が経《た》つにつれて、食料が乏しくなり、飲料水も樽一つまでに減少した。一般乗船者たちの食料は尽き、水も全くなくなって悲惨な状態になった。乗船者は、水を飲ませて欲しいとカピタンに手を合わせて哀願するが、カピタンは荒々しい声をあげて立《た》退《の》くよう命じ、部下たちも樽をかこんでそれを守っていた。

光太夫たちの食料も遂《つい》に尽き、水もなくなった。光太夫たちは歩くこともできなくなり、体を横たえていた。

船長は、乗船者たちに船がオホーツクに近づいていると言ってはげましていたが、靄《もや》が深く立ちこめていて陸岸は見えない。風は幸いにも順風で、しかも強く吹きつけてきていたので一同、船がオホーツクに程なく着くと喜び合った。

そのうちに靄がはれて陸岸がはっきりと見えてきた。船上に喜びの声があがったが、遠眼鏡を陸岸にむけていた船長が、

「コレハイケナイ」

と、舌打ちした。

船はオホーツクの沖をかなり通り過ぎ、さらに西へと進んでいた。引返すにしても、むろん逆風で不可能であった。帆がおろされ、船の動きはとまった。

船内の飢餓は、限界をはるかに越えていた。餓死をまぬがれるには、オホーツクにたどりつく以外にない。騒然とした空気になり、乗船者たちは口々に甲高い声で意見を交した。このまま船にとどまれば船はさらに西へ西へと流され、それは確実に死と

むすびつく。

船を岸につけて上陸しよう、という声がたかまった。しかし、オホーツクまで歩いてゆくには三日もかかり、疲労と飢えで行き倒れになる、と反対する者もいた。これに対して船内でいたずらに死を待つよりは、草でも食べながらオホーツクにむかう方がましだ、という声もあった。

意見は容易にまとまらなかったが、陸路を行くという者が多く、船長もそれに同調して船を陸岸にむけた。

その時、にわかに風向が変った。西の方向から風が吹きつけてくる。

それを知った船長が、

「帆ヲアゲロ」

と、甲高い声で叫んだ。

あげられた帆がたちまちふくらみ、船上に喜びの声があがった。船は舳先《へさき》を東にまわし、陸岸にそってかなりの速度で進みはじめた。

光太夫は、甲板に立って陸岸に眼をむけていた。樹木はなく、人の住んでいる気配は全くない。荒涼とした大地のひろがりがあるだけだった。

風向は変らず、船は順調に進み、やがて前方に多くの船が碇泊《ていはく》している港が見えてきた。オホーツクであった。

船が港に入り、錨《いかり》を投げた。八月晦日《みそか》であった。

船長が、すぐに艀《はしけ》で上陸して船内の者たちが飢餓に瀕《ひん》していることを訴えたらしく、かき餅のようなものが入った大きな袋がいくつも船上に運び込まれてきた。乗船者たちは、先を争って袋に手を入れかき餅をむさぼり食った。

光太夫たちは、眼がかすむほど飢えていたが、移送される身であるので指示されるまで待つべきだと考え、かき餅を食う乗船者たちを眺めていた。しかし、なんの指示もなく、我慢できずに袋に近寄り、かき餅をつかんで口に入れた。それをとがめる者もなく、光太夫たちは思うままにかき餅を食い、ようやく人心地がついた。

オホーツクは、カムチャツカ、チギリなどとは全く異なった地であった。港には多くの大小の船が碇泊し、人家も二百戸ほどあり、それらの家もがっしりとした構えであった。

艀で上陸すると、代官がやってきて、光太夫ら六名が日本人漂流民であることをたしかめて代官所へ連れて行った。

代官は、

「アナタ達ハコノ地カラ、ヤクーツクニ行ク」

と、言った。

ヤクーツクは、オホーツクの西方、ロシアの里数で千十三里の位置にある町だという。

ヤクーツクまでは人家もない荒涼とした地を野宿しながらゆくのかと思ったが、人馬の往来がしきりで、

「コレヨリ先ハ、少シモ不自由シナイカラ安心シナサイ」

と、代官は言った。

さらに代官は、近々ロシア政府に年貢《ねんぐ》の品々をおさめる馬の列がヤクーツクにむけて出発する予定なので、それに同行するように、と言った。年貢の品々とは、カムチャツカ、チギリなどから送られてきたラッコ、アザラシ、テン、熊《くま》等の毛皮で、運送は荷役人と足軽三人が担当するという。

代官は、光太夫に銀三十枚、水主《かこ》五人にそれぞれ二十五枚ずつを渡し、それで旅装をととのえるように、と指示し、

「出発マデ旅館デ体ヲ休メナサイ」

と、言った。

役人が出てきて、代官所を辞した光太夫たちを旅館に案内してくれた。

部屋は清潔で、板張りの床には羅紗《ラシャ》の布が敷かれている。寝台もがっしりしていて、旅館の者は親切だった。夕食には麦餅、魚肉、野菜等が出て、いずれも美味で光太夫たちは満足だった。茶には牛乳を入れてかきまぜて飲むが、光太夫たちは牛乳も好んで飲むようになっていた。

翌日、代官所に行って役人に会い、ヤクーツクまでの旅装についての指示を受けた。ヤクーツクは極寒の地で、そこに至るまでの旅には、寒気をしのぐ衣類を用意しなければならない、と役人はきびしい表情で言い、光太夫たちを商店に連れていった。

光太夫たちは、その店で代官からあたえられた銀貨で毛皮でつくった衣服、帽子、手袋、沓《くつ》等を買いそろえた。

光太夫は、水主たちと連れ立って町の中を歩いた。

特に眼をひいたのは、美しい女性が多いことであった。おしなべて色が白く、頰が桜色をしている。肌理《きめ》が絹のようにきわめてこまやかで、鼻も唇も優美な形をしている。耳には銀の耳がね（イヤリング）をはめ、首には貝や水晶に紐《ひも》を通したもの（ネックレス）をかけている。衣服は更紗《サラサ》などで作った美麗な柄のものを身につけ、風呂敷《ふろしき》に似た布（ショール）を肩から腋《わき》の下に筋ちがいにかけている女もいた。

それらの女とすれちがう時、光太夫は、磯吉がエレナのことを思い出しているのではないか、と思った。故国へもどりたい一心で、磯吉はすがりつくエレナをふりきってカムチャツカをはなれたが、果して自分たちは故国の土を踏む手がかりを見つけることができるか、どうか。

カムチャツカの代官は、都へ行って皇帝に帰国の願いを訴え出れば望みがかなえられるかも知れぬ、と言った。カムチャツカからチギリへ、さらにこのオホーツクまで行くよう手筈《てはず》をととのえてくれたのは、代官の指示によるものであった。このオホーツクの代官も、さらにはるか西方にあるヤクーツクまで光太夫たちを送るという。このような代官たちが手筈を組んでくれているのは、ロシア政府の意向によるものなのかも知れない。ヤクーツクに行くというのは、都へ近づくことを意味している。願ってもないことで、光太夫はヤクーツクへの旅を好ましいものに感じた。

年貢を都へ送るヤクーツクへの旅の準備は、予定通り進められているようだった。代官所の倉におさめられているラッコの毛皮をはじめとした獣皮の検品と荷造りが、さかんにおこなわれていた。厖大《ぼうだい》な量であった。

その運送には、政府に雇われている官医が同行することになっていた。医師は妻子とともにオホーツクに赴任していたが、任期が来てヤクーツクにもどるという。

また、ヤクーツクまで行く途中にヤクート族の集落が所々にあるので、ヤクート語に精通した通訳二人も従うことがきまっていた。さらに二人の漂民の同行も予定された。それはポルトガル人とインド人で、医師の妻子をふくめ同行者は十二名であった。

年貢をヤクーツクに送る駄馬の数は、想像以上に多かった。どこにそのような数の馬がいたかと思うほどで、五百頭近い駄馬が代官所の倉の前に集まってきた。白い馬が多かった。馬の背に井桁《いげた》に組んだ太い木が据えられ、その上に獣皮を梱包《こんぽう》した荷が縄でむすびつけられる。多くの原住民がその作業に取組んだ。

長い馬の列が組まれ、光太夫たち十二人の同行者は、役人、足軽とともにそれぞれ馬にまたがった。九月十二日の朝であった。

馬の列が、役人たちに見送られてオホーツクの町をはなれた。列の先頭には、二人の馬方《うまかた》が馬に乗って進む。駄馬には麦餅、牛肉、砂糖等の食料の包みとバラツカという野宿用のテントもくくりつけられていた。

旅は、苦難にみちたものであった。丈高い草の生い繁《しげ》った場所を終日進む。馬は草を押し分け押し分けして進む。道らしいものはなかったが、馬方は通いなれているらしく少しのためらいもなく鞭《むち》をふるって馬の列を進める。方向をまちがうのではないか、と光太夫は不安になったが、馬方の顔には自信の色が濃くうかんでいた。

ようやくその地を過ぎると、柳が果しなく密生している地に入りこんだ。前後左右が全く見えず、先頭をゆく馬方たちは、長い刀を手にして柳の枝を切りはらって道をひらく。馬の歩みは遅々としていた。柳の枝が手足や顔にかかって皮膚が切れ、血だらけになった。光太夫たちは、顔を伏して馬の上で揺られていた。

寒気が急にきびしさを増し、人も馬も吐く息が白かった。体がふるえ、顔がこわばる。役人をはじめ同行者は、足がこごえると馬から降りて歩き、光太夫たちもそれにならった。こわばった足が歩いているうちに感覚がもどってきて、再び馬に乗ることを繰返した。

人家はなく、日没を迎えると馬の列はとまり、光太夫たちはバラッカを張ってその下に身を寄せ合って寝た。骨にしみ入るような寒さで、夜空には氷の細片のような冴《さ》えた光を放つ星が隙間《すきま》なく散っていた。

雪に見舞われることも多くなって、その折には木の枝を組んで敷いた上に獣皮をのせて身を横たえた。

柳の密生地を過ぎた馬の列は、果しなくひろがる高原を十日近くも進み、前方に、かすかに対岸が望める大河が見えてきた。川面《かわも》を渡ってくる風は刺すように冷く、その岸で野宿をした。

次の日、馬の列は川岸にそって進み、再び起伏のいちじるしい高原をたどった。時折り風をまじえた雪が吹きつけ、視界が閉ざされることもあった。

高原には道らしいものがあったが、所々にほとんど白骨化した馬の死骸《しがい》が見られた。柳の密生地でも川ぞいでもそれらを眼にしたが、高原の地では急に増し、その数はおびただしいものであった。同行の医師にたずねてみると、オホーツクとヤクーツク間の荷の運搬をする馬が力つきて倒れ、そのまま遺棄されたのだという。

年貢を運ぶ駄馬の中にも、脱落する馬がいた。足をとめて動かなくなった馬を馬方が激しく鞭でたたき、手綱をひく。しかし、馬は動かず、崩れるように横倒しになる馬もいた。馬方は、それらの馬の背にくくりつけられたラッコ等の獣皮をはずし、たくましい馬を選んでその背に移す。無用になった馬は容赦なく捨てて前へ進んでいった。

光太夫の眼に突然、奇妙なものが映り、馬の背に揺られながらそれを見つめた。水主たちも驚きで大きく眼をみはり、見上げている。

その地一帯は樹木が多かったが、太い幹の樹木の上方の枝に馬の死骸が白骨化した脚をひろげてひっかかっている。肉は腐爛《ふらん》して落ちたらしく、毛皮と腱《けん》でもあるのだろうか白い筋状のものが垂れ、それはあたかも干された干瓢《かんぴょう》のように見えた。樹木の梢《こずえ》からなぜ馬の死骸が垂れているのか。想像を絶した情景に、光太夫は頭が錯乱するのをおぼえた。

少し進むと、再び同じように樹木の枝から垂れた馬の死骸を眼にした。光太夫は、耐えきれず馬からおりると、先頭の馬方の馬に追いついて樹上の馬の死骸を指さし、なぜあのような所にひっかかっているのか、と問うた。

馬方は、淡々とした口調で説明した。降雪期に斃《たお》れた馬の雪の下にたまたま樹木が埋もれていて、雪がとけて消えると、馬の死骸がそのまま樹木にひっかかって垂れているのだという。

光太夫は、言葉もなく垂れた死骸を見つめていた。

野宿をかさねるうちに、同行のポルトガル人、インド人と手まねをまじえて言葉を交すようになった。かれらは、光太夫たちがチギリからオホーツクまできた同じ船に乗っていたという。

二人は、イギリス人、フランス人、中国人、インド人、ポルトガル人など六十二人乗組のイギリス船の水主であった。船は交易のためロシア各地に寄港し、商品もすべて売りつくしてアリューシャン列島からアメリカへ行こうとした。

カムチャツカが近く見える位置に達した時、船は錨をおろして酒宴をひらいた。一同大酔して熟睡したが、夜半ににわかに風波が激しくなって錨が切断され、危険な状態になった。船乗りたちは起きたが、泥酔《でいすい》した者たちはただうろうろするばかりで、船は押し流された。ポルトガル人とインド人は下戸《げこ》で飲酒していなかったので、力を合わせて錨を投げ、船の動きをとめた。

しかし、船は坐礁《ざしょう》して沈みはじめ、酔った者たちはすべて溺死《できし》し、二人だけが近くの島に辛うじて泳ぎついた。その島には交易に来ていたロシア人がいて二人は保護され、光太夫たちの乗った船でチギリをへてオホーツクに送られてきたのだという。

光太夫たちは、かれらが危うく死をまぬがれた船乗りであることに親近感をいだいた。

馬の列は進みつづけ、十月下旬になると寒気が一層増した。

その頃からヤクート族の家が所々に見られるようになり、一行は、それらの家に泊って夜を過した。ヤクート族の者たちは、牛を殺して肉を食べさせ歓待してくれた。

ヤクート族の者は髪も瞳《ひとみ》も黒く、牛や馬の毛皮でつくった衣服を身につけていた。牛、羊、馬を飼って生計を立て、千頭以上も飼育している者もいた。一夫多妻で十四、五人から二十五、六人の妻とともに暮している男もいた。

かれらの住む家はきわめて低く、四方の壁は牛の糞《ふん》で塗りかためられていた。極寒の地であるので凍った土はかたく掘り起せないので、牛の糞を壁土代りに使うのだという。家の中は暖かったが、家から一歩外に出るとすさまじい冷気が体をつつみこんできた。

十一月九日、ようやくヤクーツクの町にたどりついた。

ヤクーツクの寒さは、恐るべきものであった。同行の役人の話によると、ロシアで最も寒冷の地で、耳や鼻が壊死《えし》して落ち、頬なども腐って脱落するという。そうしたことを避けるため道を行く男女は、厚い毛皮の衣服をまとって毛皮の頭巾《ずきん》をかぶり、表は熊の毛皮、裏は狐《きつね》の毛皮のムフタという筒状の手袋に両手を入れ、露出しているのは眼だけであった。

光太夫は、身につけた服装ではたちまち寒気におかされると考え、ポルトガル人、インド人も誘って水主たちと代官所におもむいた。二階建の建物であった。

代官は、すぐに会ってくれた。代官は、昨年、妻と離別した独身の男で、カムチャツカ、オホーツクの代官より上席らしく、役所には二十人ほどの役人が勤務していた。

代官は、光太夫たちに椅子《いす》をすすめ、向き合って坐《すわ》ると、

「貴方《あな》達《た》ハココカラ、イルクーツクニ行ッテ下サイ。コノ地ノ西南二千四百八十六里（ロシア里）ニアリマス。ソレマデ、コノ町ノ旅宿ニ泊ッテイテ下サイ」

と、言った。

その言葉に、自分たちがカムチャツカ、チギリ、オホーツクをへてこのヤクーツクに順送りにされてきたのは、ロシア政府の意向によるものであることをはっきりと知った。

光太夫は、オホーツクで代官所から銀貨をもらって旅装をととのえたが、道中、ヤクーツクに近づくにつれて寒気が急激にきびしさを増し、この地に至ってもはや耐えがたいものになった、と訴えた。

「コノ地デハ、寒サノタメ鼻、耳ガ落チ頬ガエグラレルト聞キマス。寒サヲシノグ衣類ヲ着タイノデス。銀貨ヲ渡シテ下サイ」

光太夫は、当然の権利であるように臆《おく》することなく言った。

「諒解《りようかい》シマシタ」

代官はうなずくと、役人に命じて銀貨二百枚を持って来させ、八人分だと言って光太夫に渡した。

さらに代官は、ヤクーツクでの滞在費として光太夫に銀貨三十枚、水主とポルトガル人、インド人にそれぞれ二十枚を渡してくれた。

光太夫たちは、役人に案内されて旅宿に行った。

ヤクーツクは、人家五、六百戸もある繁華な町であった。

光太夫たちは、旅宿の者にたのんで寒気をしのぐ衣類等を商う店に連れて行ってもらい、毛皮の衣服、頭巾、手袋、沓《くつ》等を買いもとめてそれを身につけた。

町は氷雪でかたく閉ざされていた。積った雪はそのまま堅い氷となっていて、家も厚い氷でおおわれている。呼気のふれる髭《ひげ》は白い針のように凍りつき、眉毛《まゆげ》も氷がはりついていた。光太夫たちは、寒気を恐れて旅宿にとじこもって過していた。

これまでロシア人たちからヤクーツクという地は、夜になっても真昼のように明るく昼夜の別はないときかされていたが、日が没すれば暗くなる。冗談を真にうけていたのだ、と思うと腹立たしく、磯吉が旅宿の女房にそれをただした。

女房は、

「イツモ昼夜ノ別ガナイワケデハアリマセン。六月カラ八月マデハ、夜ニナッテモ白昼ノヨウニ明ルイ」

と、答えた。

磯吉は、女房も異国の者をからかっているのだ、と不快に思い、それ以後女房と口をきくこともしなかった。

光太夫は、旅宿の主人にイルクーツクに行くことを口にし、その旅はどのようなものか、とたずねた。

主人は、肩をすくめ、

「二カ月ハカカル長旅デス」

と、言った。

道中は氷雪の上をゆくので、橇《そり》に乗る。その上にキビツカという輿《こし》のようなものをのせ、馬五、六頭で橇をひく。十里ほどの間隔で公《おおや》けの宿場があり、そこで馬を替えて進む。

主人は、身も凍るような旅になる、と言った。夜は宿場に泊るので野宿することはないものの、極寒の地をゆくので飲食もすべてキビツカの中ですます。外に出れば凍死する恐れがあり、キビツカの隅にうがたれた穴で排尿、排便をするという。

その言葉で、光太夫は、イルクーツクへの旅にはキビツカという輿が絶対に必要不可欠な物であるのを知った。キビツカは二つなければならず、その借り代は備品も入れて銀貨百枚近くがかかるという。代官から渡された二百枚の銀貨はすでに衣服その他の防寒具に費やしていて、光太夫は途方にくれた。

道中共に過してきたポルトガル人とインド人も、代官の指示で光太夫たちと一緒にイルクーツクに行くことになっていて、かれらは同じ旅宿に泊っていた。光太夫は、二人のもとに行き、イルクーツクへの旅にはキビツカが絶対に必要であると説明し、代官のもとに行ってそれが入手できるように掛け合おうと誘った。

二人はすぐに同意し、光太夫はかれらと防寒具をしっかりと身につけ、旅宿を出て代官所におもむいた。

出てきた代官は、光太夫の訴えをきくと、何度もうなずき、

「キビツカガナケレバ、凍エ死ヌ」

と言って、百枚の銀貨を渡してくれた。

安堵《あんど》した光太夫は、代官に礼を述べて代官所を辞した。

旅宿にもどった光太夫は、早速宿の主人に斡旋《あっせん》してもらい、キビツカを二つ借り入れた。極寒の中での旅であるので、ふとんにくるまって行くのが習いとなっているという主人の言葉に従って、パンヤの入った分厚い敷ぶとんと厚い毛布も入手した。

代官所から役人が来て、十二月十三日に出発するという連絡があった。役人、馬方等、光太夫たちをふくめて十八人がイルクーツクにむかうことになった。

その日の朝、それぞれ六頭の馬にひかれた二つの橇が旅宿の外に来て、それらにキビツカをのせ、くくりつけた。光太夫たちはキビツカの中に入り、荷物を下部に積み込んだ。

馬方が鞭《むち》をあてると、馬が鈴を鳴らして走り出し、代官所の前で役人たちの乗る橇と合流して一列になって進んだ。

細かくくだいた氷の中に身を漬けているようなすさまじい冷気だった。光太夫たちは防寒衣をつけたままふとんの中にもぐり込んでいたが、それでも体がふるえる。寒気に体が慣れているのか、キビツカの外で馬を御している馬方が不思議に思えた。

橇はかなりの速度で進んでゆく。馬の蹄《ひづめ》の音と鈴の音をさせて橇はなめらかに進むかと思うと、揺れる舟のように激しく上下することもある。

光太夫は、いつの間にかキビツカの天井や内壁がきらきら光りはじめているのに気づいていた。なぜ光っているのか、かれは眼をこらした。

氷であった。キビツカの天井と内壁に氷が張り、それが鋭く光っている。光太夫たちの呼気がキビツカの内部にこもり、氷化している。

「氷の室《むろ》だ」

九右衛門のうめくような声がした。

氷は次第に厚さを増してきて、呼気が上昇する天井部分がことにいちじるしい。恐るべき寒さで、光太夫たちは無言で氷を見つめていた。

氷は果しなく厚さを増し、光太夫は氷に閉ざされたような息苦しさをおぼえた。

そのうちに橇が上下に揺れる衝撃で、天井の氷面に亀裂《きれつ》が入って氷片が毛布の上に落ちてくる。すでに呼気のふれる毛布の衿《えり》は氷に厚くおおわれていた。このままでは体が凍りつくような恐怖におそわれた。橇が揺れる度に氷が落ち、毛布の上は氷片に分厚くおおわれている。

馬方の掛声がきこえ、橇の速度がゆるくなって停止した。

「宿場ダ。降リテクレ」

口が寒気でこわばっているらしく、不明瞭《ふめいりよう》な馬方の声がした。

宿場にある家の中では、薪《まき》が焚《た》かれているはずで、氷につつまれたキビツカの中から一刻も早く暖い家に入りたかった。

光太夫は、水主たちと氷片で重くなった毛布をはねのけ、キビツカから出ると橇から降りた。

かれの眼に、異様な情景が映った。六頭の馬が馬方と宿場の男によって橇からはずされていたが、馬は激しくふるえ、今にも倒れそうであった。馬は走りつづけている間は体も温かったが、停止したと同時にたちまち冷気につつまれ全身にふるえが起っている。さらに光太夫は、馬の体が無数の白い針状のものにおおわれてゆくのを眼にした。走っている間に汗で濡《ぬ》れた毛が、たちまち凍っているのだ。

馬方も宿場の者も、そのようなことには慣れているらしく、よろめく馬をそれぞれ曳《ひ》いて暖い家の中に曳き入れた。毛の氷がとけて水となって滴《したた》り落ち、馬の体のふるえがしずまってゆくのを光太夫は見つめていた。

宿場の家の中は暖く、光太夫たちは薪のさかんに燃える炉をかこんで、宿場の男がいれてくれた茶に牛乳をまぜて飲んだ。

その間に宿場の男たちは、キビツカの中の氷をくだき、毛布の上に散った氷片を取りのぞいていた。それらの男たちが戸外で作業をしているのが、不思議であった。生れてから、というより先祖代々この地の冬期のすさまじい冷気の中で生きつづけてきたかれらは、体質がそれに耐えられるようになっているのだろうか。かれらの顔は赤黒かった。

橇に新しい馬がとりつけられ、家から出た光太夫たちはキビツカの中にもぐり込んだ。橇が、鈴の音とともに再び走り出した。宿場から宿場へ、馬を替えながら橇の列は進み、夕方近くに宿場について泊ることを繰返した。

キビツカの中は氷がはりつめ、氷片が毛布の上に音を立てて落ちる。宿場につくと、汗に濡れた馬の体毛がたちまちのうちに凍りつき、激しく痙攣《けいれん》して倒れる馬もいて、それらは白く凍りつき動かなくなった。

ヤクーツクを発して一カ月ほどした頃から、庄蔵が左足の痛みを訴えるようになった。足を防寒具でおおい、さらにふとんにくるまっていたが、足が冷気におかされたことはあきらかだった。

庄蔵は、橇が宿場についても歩くことができず、他の者が体をかかえて家に運び、炉のかたわらに坐らせる。足の痛みは日を追って増しているようだった。

橇の列が、オリョクマという町についた。光太夫は、一行の指図をしている役人に庄蔵の足の手当をさせて欲しいと申出た。庄蔵の症状を知っていた役人はすぐに承諾し、町医を呼び寄せてくれた。

庄蔵の青黒く変色した足を見た医者は、冷気で血脈（血管）がおかされていると即座に言い、塗り薬を足の患部にこすりつけ、布でまいてくれた。塗り薬はなんであるのか、という光太夫の問いに、医者は、牛乳を攪拌《かくはん》してつくったボートル（バター）に薬草の粉末をくわえたものだ、と答えた。

その手当が効果があったのか、足の痛みは薄らいだようであった。

一行は、その町に三日とどまり、出立した。

寒冷の中の旅がつづいた。キビツカの中は氷が厚く張り、宿場で斃《たお》れる馬も多く、それらはたちまち氷におおわれて白くなった。

小康を得た庄蔵の足の痛みがまたもはじまり、泊りを重ねるうちに激しさを増した。庄蔵は呻《うめ》き、そのうちに歯を食いしばって泣き声をあげるまでになった。足に錐《きり》を突き込まれて強く廻されるような痛みだと言い、また刀の刃で容赦なく肉を切り裂かれるような苦痛だともいう。時には体を何度もはねさせて泣き叫び、驚いて馬方が振向くこともあった。光太夫たちは、そのありさまを見るに忍びず、眼をそらせて口をつぐんでいた。

橇の列が、キリギという町に入り、そこで食料その他を補給することになった。旅宿に入った光太夫は、小市ら水主《かこ》と話し合った。重症の庄蔵をこのまま旅をつづけさせるわけにはゆかない。代官所もあるというこの町には、治療所もあるはずで、医者の手当を受けさせて寒気のゆるむ春までこの町で療養させるのが好ましい。

しかし、庄蔵一人のために旅を急ぐ一行の出発をおくらせることはできず、自分たちも一行とともにこの町をはなれる。イルクーツクからさらに他の地に送られるという話はきいておらず、自分たちはイルクーツクを旅の終着点としてそこに逗留《とうりゅう》する。ただ一人残った庄蔵は、春になって病いが癒《い》えてからイルクーツクまでくればいい。

光太夫の意見に、庄蔵一人を残して去るのは忍びがたいが、それが庄蔵のために最良の方法だということで小市たちも賛成した。

光太夫は、磯吉をともなって代官所におもむき、代官に面会を申し込んだ。出てきた代官に、光太夫は、庄蔵の症状について詳しく説明し、

「ナニトゾ病人ヲ、春マデコノ地ニトドメ、養生ヲ加エテ欲シイ」

と、懇願した。

うなずいてきいていた代官は、

「モットモノ事デス。養生ノ費用モ春マデコノ町ニトドマル費用モ、代官所デ支払イマショウ。病イガ癒エタライルクーツクニ送ル」

と、言った。

代官の親切な言葉に光太夫は、磯吉とともに何度も感謝の言葉を述べた。代官は、代官所の外まで送りに出てくれた。

翌日、代官所で頼んでくれた官医が光太夫たちの泊る宿所に来て庄蔵を診察し、足の患部に薬を塗ってくれた。暖い部屋に寝ていることもあってか、足の痛みは幾分やわらいでいるようだった。

キリギに逗留するのは七日間が予定されていて、毎日、医者が来て薬を塗布してくれていたが、出発の前日、光太夫は、庄蔵に春までこの町にとどまって治療を受けるように、と言った。

「代官は、お前の養生費も滞在費も面倒をみてくれる、と約束してくれた。私たちの旅も、一応イルクーツクで終る。お前が春までこの地にとどまって養生すれば、必ず病いも癒える。そうしたら、イルクーツクまでくるように……。私たちは明日、出立するが、イルクーツクでお前がくるのを待っている」

光太夫は、さとすようにおだやかな口調で言った。

光太夫の顔を見つめながら話をきいていた庄蔵の顔色が、変った。

「いやです。一人残ることなどできません。痛みも薄らいできています。私も一緒に行く」

庄蔵は、顔をゆがめ叫ぶように言った。

「気持はよくわかる。しかし、なによりも病いを癒やすことが先だ。辛《つら》いだろうが、この地にとどまって養生して欲しい」

光太夫は、強い口調で言った。

「いやです、私はついて行く」

庄蔵は、激しく首をふった。眼に涙がうかんでいる。

小市たちが、口々に庄蔵に声をかけた。

「オリョクマで医者の手当を受け痛みが薄らいだと言っていたが、また旅をつづけるうちに痛みがさらに増したではないか。この町で養生する方がいい」

「イルクーツクまで、まだ七、八百里（ロシア里）もあるという。氷と雪の中を旅してゆけば、たちまち痛みが発することは目にみえている」

「春になって元気になり、イルクーツクまで来い。みんなで待っている」

しかし、庄蔵は首をふりつづけてきき入れない。

「たとえ道中、死んでも悔いはない。恨みもしない。どうしてでもあんたたちについてゆく。残さないでくれ」

庄蔵の涙声に、光太夫たちは口をつぐんだ。

これまで一人もはなれることなく生きてきただけに、連れて行ってくれという庄蔵の気持が、光太夫にもわからぬではなかった。

光太夫たちは、なおも言葉をつくしてさとしたが、庄蔵はきき入れず、涙を流してどうしてもついてゆくと繰返す。見知らぬ者ばかりの異国の地に一人残してゆくのも哀れに思え、光太夫は仕方なく庄蔵を連れてゆくことにした。

光太夫は、その旨《むね》を代官に伝え、また医者にも会って本人のたっての願いなので共にイルクーツクに行く、と告げた。医者は大いに難色をしめして首をふりつづけていたが、光太夫の熱心な頼みにようやく承諾して、容器に塗り薬を入れて布とともに渡してくれた。

食料その他の調達も終って、翌朝、一行は橇《そり》にのせられたキビツカに身を入れてキリギの町をはなれた。

ヤクーツクからイルクーツクまでの三分の二の距離を過ぎていて、橇の列ははやい速度で進んだ。猛吹雪に見舞われて白く視界が閉ざされることもあったが、宿場と宿場の間を往復することを常としている馬は、道をあやまることなく蹄を鳴らして走りつづけた。

危惧《きぐ》していた通り、庄蔵の足の痛みがまたもぶり返して、日を追うて激しさを増した。寒気におかされているのは左足で、宿場についてキビツカからおりても歩けず、水主たちが抱え上げて宿場の家に運び入れる。

夕刻、宿場の家に入ると、小市がすぐに庄蔵の足を包む布をとりのぞき、薬を塗った。患部は不気味なほど青黒く変色し、皮膚が破れて膿《うみ》がにじみ出ている。庄蔵は、左足を突っぱって呻き声をあげていた。

キビツカの中は氷の箱のように絶えず厚い氷が張り、吹雪の折には雪が吹き込む。毛布も敷ぶとんも凍りつき、光太夫たちの息が白く見えるだけであった。

庄蔵が、絶えず泣き声をあげるようになった。光太夫たちにはなすすべもなく、視線をそらせて毛布にくるまって身を横たえ、橇の揺れるままに体をはずませていた。

薬を塗り代えるたびに患部の青黒さが徐々にひろがり、膿にまじって血もにじみ出るようになった。左足の腫《は》れが増してきて、小市は薬を塗り、布で包んでいた。光太夫は、一刻も早くイルクーツクの町への到着を願った。

橇の列は馬に曳かれて走り、二月七日夕刻、ようやくイルクーツクの町の中に入っていった。

イルクーツクは、人家三千戸もある大きな町であった。橇の列は、両側に家の並ぶ道を進んでゆく。家はすべて二階建で、商品を並べた店もある。これまで滞在したオホーツク、ヤクーツクよりはるかに賑《にぎ》わいをきわめた町であった。

役所が前方に見えてきて、橇の列はその前でとまった。一町半（一六三メートル強）四方ほどの敷地に建てられた土蔵づくりの二階建の建物であった。屋根には銅《あかがね》の瓦《かわら》が張られ、入口には警備の者が銃を手に立っていた。

光太夫たちは庄蔵を残して橇から降り、役所の前に立った。同行してきた役人が役所に入り、すぐに出てくると光太夫たちを内部に招き入れた。

広い部屋に中年の役人が待っていて、光太夫たちの宿所は鍛冶屋《かじや》の家にきめてあると言い、ポルトガル人とインド人は他の家に住むよう指示した。生活費は一日銅貨五枚として、月の初めに百五十枚ずつ渡す、と言った。

役所を出た光太夫たちは、ポルトガル人とインド人に別れを告げ小役人の案内で、橇に乗って鍛冶屋の家に行き、磯吉が庄蔵を背負って部屋に運び入れた。

まずしなければならないのは、庄蔵の手当をすることであった。日夜もだえ苦しみ泣き叫んできた庄蔵の体は瘦《や》せこけ、頰骨が突き出て眼が異様に光っている。その苦痛を一刻も早くやわらげてやりたかった。

光太夫は、磯吉とともに役所におもむき、役人に会った。

かれは、庄蔵の症状をことこまかに説明し、

「ナニトゾ療治ヲシテイタダキタイ」

と、懇請した。

役人はすぐに承諾し、

「病院ニ行キナサイ」

と言って、その医療施設の性格を説明した。

治療費を払えぬ貧しい病人を収容する病院で、皇帝に任命された官医が一般の患者同様に治療をし薬をあたえる施設だという。光太夫は、江戸の小石川の薬園中に設けられた養生所《ようじようしよ》と同じものだ、と思った。小石川養生所は、徳川吉宗《よしむね》時代に小川笙船《しようせん》と

いう医家の建言をいれて設けられたもので、費用一切を幕府が負担して貧しい病人の治療にあたらせる。無料で庄蔵の手当をしてくれる病院に入れてくれるということに、光太夫は感謝した。

役人は、その場で病院への入院手続きをしてくれ、略図も渡してくれた。

役所を出ると雪が降っていて、道も家並も白くかすんでいる。降雪の中を病院に庄蔵を連れてゆくのは体にさわるのではないか、と思いながら、凍りついたかたい氷雪の道をたどって鍛冶屋の家にもどった。

部屋では、庄蔵が呻き声をあげて身を横たえていた。その姿を眼にした光太夫は、一刻も早く医師の診断を仰ぎ治療を受けさせるべきだ、と思った。

光太夫は、小市たちに役人が病院への入院手続きをすませてくれたことを伝え、入院後の治療費その他一切が無料であることも告げた。

「すぐに運ぼう」

光太夫が言うと、小市たちが庄蔵の半身を起し、防寒衣、頭巾《ずきん》、手袋をつけさせた。

若い磯吉が庄蔵を背負い、光太夫をはじめ小市、新蔵、九右衛門がその後に従って部屋から家の外に出た。風はなく、雪が密度濃く降っていて白い紗《しや》に包みこまれているようだった。かれらは庄蔵を背負う磯吉をかこんで道を進んだ。かれらの頭巾も衣服も白くなった。

光太夫は、役人が渡してくれた略図を便りに道から道をたどった。降雪に白くかすんだ壮麗な建物が、前方に見えてきた。城かと見まがうような大きな建物で、光太夫はあらためて略図を見つめ直し、それが病院であるのを知った。

光太夫たちは、頭巾をぬいで建物に入っていった。

入口の脇《わき》の部屋に入った光太夫が、椅子《いす》に坐《すわ》っている中年の男に役所の役人の指示で病人を連れてきたことを告げた。すでに役人からの連絡があったらしく、男はすぐに応じると、部屋を出て通路を進み、光太夫たちはその後に従った。

別棟に入ると男は足をとめ、観音開きの扉をあけた。そこは広い部屋で寝台が並んでいたが、ふさがっている寝台は二つだけで、一つには病衣を着た男が寝台の端に腰をおろし、他の寝台には年老いた男が横たわっていた。

男の指示で、磯吉が庄蔵をおろして防寒衣をぬがせ、寝台の上に置かれた病衣を身につけさせた。室内は暖かく清潔で、ガラスの張られた窓からは降りしきる雪が見えた。

病室に案内してくれた男が、医者が診察にくる、と言って扉の外に出ていった。

光太夫たちは、寝台に横になった庄蔵を見つめた。庄蔵は、顔をゆがめて呻いていたが、規模の大きい病院で治療を受けられることに安堵《あんど》しているようだった。

長い間待たされ、水主《かこ》たちは、立っているのに飽いてしゃがんだり、窓に近づいて外の雪を眺めたりしていた。風が起っていて、雪が乱れ舞っている。

観音開きの扉が開いて、赤みをおびた髭《ひげ》をはやし白く長い衣服をつけた長身の男が、助手らしい若い男をともなって部屋に入ってきた。しゃがんでいた水主は立ち上り、光太夫たちは男に頭をさげた。

男はそれには応《こた》えず、大股《おおまた》で寝台に近寄ると、庄蔵の毛布をまくり、助手が左足をつつんでいる薄汚れた布を取りのぞいた。医者は無言で左足を見つめ、腿《もも》に指をのばして押すと、

「痛ムカ」

と、庄蔵に低い声でたずねた。

庄蔵がうなずくと、指先を少しずつ膝頭《ひざがしら》の方に移していった。光太夫は、患部である脛《すね》を医師の後方からのぞき込んだ。皮膚が破れて青黒くただれた肉が露出し、血膿がひろがっている。白いものがかすかに見えたが、それは骨であった。

医師の指示で助手がフラスコに入れた薬液を患部にたらし、新しい白布でつつんだ。庄蔵は体をのけぞらせて呻き声をあげた。

医師が、光太夫たちに顔をむけると、

「イッカラ痛ンデイルカ」

と、かたい表情でたずねた。

光太夫は、

「一カ月程前カラデス」

と答え、ヤクーツクからイルクーツクまでの旅の間に発症し、途中、オリョクマとキリギで応急手当を受けたことなどを告げた。

医師はうなずき、

「私ガ治療スル」

と言い、寝台のかたわらをはなれると、助手とともに扉の外に出ていった。

光太夫たちは、しばらくの間寝台の近くに立っていたが、

「また見舞いにくる」

と、光太夫が庄蔵に声をかけ、水主たちとともに部屋を出た。かれらは通路を入口の方へ歩いていった。

鍛冶屋の家にもどった光太夫は、庄蔵の左足の患部の肉の中から骨がのぞいていたことを水主たちに口にした。見た者もいれば見なかった者もいた。

光太夫は、小市たちを見廻し、寒気におかされぬよう外に出る時は心して防寒具をしっかりと身につけるように言い、

「私たちも油断していると、すぐに庄蔵と同じような症状になる。このオロシアの者たちと私たちの体の質は、全くちがうのだ」

と、言った。

ロシアの極寒の地に定住する者たちは、先祖代々、すさまじい冬期のきびしい寒気の中で生きつづけ、それに耐えられる体質になっている。それでも寒気の恐しさを熟知しているかれらは、獣類の毛皮で頭の先から足先までつつんで極寒期を過す。それに比べて自分たちの体は、本質的に寒気に甚だもろい。故郷である伊勢《いせ》の国では、冬に雪に見舞われることはあっても回数は少く、降ってもすぐに消える。いわば温暖の地で、そこに先祖代々住みついてきた自分たちの体は、この地のような冷気には到底堪えられない。

「庄蔵のようにならぬよう、十分に留意しなければならぬ」

光太夫は、強い口調で言った。

庄蔵は、果してどうなるのか。かれは光太夫と同じ若松村の生れで、自分より一歳若い。家族の者たちは、当然「神昌丸《しんしょうまる》」が破船して行方知れずになっていることを知

り、庄蔵がすでに死んでいるものとして墓も建てられているのかも知れない。肉が腐り骨が露出するまでになっている庄蔵が、このまま生きてゆけるかどうか。病院の医者の表情はかたく、それは庄蔵の症状が治療の対象からすでにはずれたものであることをしめしているようにも思える。光太夫は、病院の寝台の上に横になっている庄蔵の姿を思いうかべた。

庄　蔵

翌日から水主《かこ》たちは、二人ずつ連れ立って庄蔵を見舞いに行くようになり、光太夫も足をむけた。

水主の中には、庄蔵を見舞った後、病院の内情を見てまわる者もいた。病院は上等、中等、下等にわかれていて、庄蔵が収容されているのは治療費、食費等を払えぬ貧しい患者を対象にした下等の、いわば施療院の病棟であったが、あたえられる食事も医者の治療法もすべて平等だという。イルクーツク方面一帯を統轄《とうかつ》するピイリという長官は、七日に一度病室を巡回して慰問するのを習いとしていて、庄蔵のもとにも来て症状、食事のことなどをたずねたという。医療設備は十分にととのっているようだった。

庄蔵が入院して間もなく、病院から下男が鍛冶屋《かじや》に来て、日本人たちにすぐくるようにと伝え、去っていった。

それを主人からきいた光太夫は、水主たちとすぐに家を出て病院にむかった。なにか庄蔵の体に好ましくないことが起ったように思え、かれらは道を急いで病院に入った。

病室に足を踏み入れた光太夫は、庄蔵の悲鳴に似た激しい呻《うめ》き声を耳にし、医師と二人の助手が治療にあたっているのを眼にした。庄蔵の左足がのばされて、銅製の盥《たらい》の中に漬けられている。盥には湯気の立つ薬液らしい液がみたされていて、医師が、近寄った光太夫に気づくと盥の中を黙って指さした。

光太夫は、一瞬背筋に冷いものが走るのを感じ、薬液に漬けられた足を見つめた。足の踵《かかと》の部分が大きくねじれ、足の裏が上になって浮き、踵の肉が赤く腫《は》れて骨がむき出しになっている。水主たちは顔色を変え、立ちすくんでいた。

医師が、光太夫にけわしい眼をむけると、手まねをまじえて踵から先の部分が脱落したことを伝えた。医師はその状態を光太夫たちに見せるため呼び寄せただけらしく、

「モウ帰ッテヨイ。私タチガ治療スル」

と、手を動かして病室から出てゆくようにという仕種《しぐさ》をした。

光太夫は言葉もなく医師に頭をさげ、水主たちをうながして病室の外に出た。通路を歩くかれの体には、小刻みなふるえが起っていた。足の先端が裏返っていた情景が

眼の前にうかぶ。庄蔵の足は、腐っているというよりは融《と》けはじめている。

病院の外に出ると、雪がさかんに降っていた。光太夫たちは背をまるめ、身を寄せ合って鍛冶屋の家にむかった。犬に曳《ひ》かれた一人乗りの橇《そり》が、舞いあがる粉雪の中から姿を現わし、かたわらを過ぎていった。

部屋にもどったかれらは、言葉を発する者もなく、深い吐息をもらすだけであった。

翌日から病院に足をむける水主はいなくなった。光太夫は、かれらが庄蔵の事を案じながらも脱落しかかった無残な足先を見るのが恐しく、見舞いにゆく気になれぬのも無理はない、と思った。しかし、光太夫は、水主たちの生命を託された船頭として庄蔵を一人病院に残しておくことはできなかった。

かれは、身仕度をととのえると、病院に足をむけた。

庄蔵は、昨日と同じように左足を薬液の中にひたしていた。足の裏にはすでに血が通っていないらしく、白い豆腐のようなものが液にうかんでいるように見えた。

庄蔵は疲れ切っているらしく、眼を閉じ歯を食いしばっている。

寝台に近寄った光太夫は、

「庄蔵」

と、声をかけ、その手をつかんだ。

眼が開き、光太夫を見つめた庄蔵の眼に涙が盛り上り頰を伝った。すがりつくような悲しみをたたえた眼の光であった。かける言葉は見あたらなかった。庄蔵もただ涙を流して口をつぐんでいる。痛みだけでなく足先がただれてはなれかかっているのを知っている庄蔵が、哀れであった。

「ふる里へ帰りたい」

庄蔵がかすれた声で言い、新たに涙があふれ出た。

「そうだ、一緒に帰ろう」

光太夫の眼からも涙が流れた。

無言の時間が、過ぎた。光太夫の手をつかんだ庄蔵の手がはなれ、顔をむこう側にむけて眼を閉じた。足をおかされたかれは、故郷へ帰ることがむなしい願いであるのを知っている。光太夫も一緒にとは言ったが、それが無理であるのを感じていた。

かれは、しばらくの間庄蔵を見つめながら立っていた。

「また、明日くる」

かれは声をかけると、寝台のかたわらをはなれた。

翌日も光太夫は、たたきつけてくる吹雪の中を病院に足をむけた。庄蔵は、痛みが激しいらしく悲痛な泣き声をあげていた。光太夫に視線をむけると、すぐに手をのばしてきた。

光太夫はその手をつかんだが、指の骨が折れるのではないかと思うほどのにぎり方で、その強さに庄蔵の痛みの激しさが感じられた。

体をよじった庄蔵が、光太夫の手をはなした。悶《もだ》え苦しむ庄蔵になにもしてやれぬ自分が悲しかった。かれは声をかけることもできず、泣き叫ぶ庄蔵の姿を眺めていた。

三日後、病室に入ったかれは、無残なものを見た。足首から腐蝕《ふしょく》が上方にひろがってきていて、脛《すね》の肉が赤黒くただれて破れ、白い骨がのぞいている。庄蔵はかすれた声で泣き、顔は蒼白《そうはく》だった。

その日、鍛冶屋の家にもどると、程なく病院の下男が来て、光太夫に来て欲しい、と言った。

光太夫は、再び身仕度をととのえて家を出ると、下男について病院に行った。不吉な予感がし、かれは重苦しい気分であった。

通路を行く下男がみちびいたのは病室ではなく、医療器具の置かれた部屋であった。壁ぎわの棚には医学書らしい書物がならんでいる。窓ぎわに置かれた机の前には、庄蔵の治療を担当している長身の医師が坐《すわ》っていて、光太夫の姿を見ると、眼の前に置かれた椅子《いす》に坐るようにうながした。

光太夫は、医師に近寄り椅子に坐った。

医師は、茶色い毛の密生した掌《て》を動かして手ぶりをまじえて庄蔵の症状を説明し、光太夫はゆっくりと話す言葉の意味をつかもうとして耳をかたむけた。

庄蔵の足の腐りはさらに上方へ伸び、

「今ニココマデ来ル」

と言って、医師は自分の左腿《もも》の付け根をたたいた。

ついで死という言葉が、医師の口からもれたことに光太夫はぎくりとし、茶色い瞳《ひとみ》の医師の眼に視線を据えた。すでに左足の足首から先ははなれかけ、脛の肉もただれて破れ骨も露出している。さらに上方まで腐蝕がひろがれば、死ぬということなのか。

「ショウゾヲ生カスニハ……」

と、医師は言った。ショウゾとは庄蔵であることはあきらかだった。

「ショウゾヲ生カスニハ……」

医師は、再び同じ言葉を口にし、自分の大きな足の膝頭《ひざがしら》の上方の部分を掌でたたくと、

「切ル」

と、言った。

光太夫は、呆気《あつけ》にとられ、聞きまちがえではないか、と思った。体に切り傷が生じた場合、それを手当して後に災いの起らぬようにするのが医師の務めであるのに、眼の前に坐る医師は、切ルと言った。

光太夫は、頭が混乱するのをおぼえ、

「切ル？」

と言って、無表情な医師の顔を食い入るように見つめた。

医師はうなずき、椅子に背をもたせかけると、手ぶりをまじえて話しはじめた。

「日本ハ暖イカ」

医師の言葉に、光太夫は、

「暖イ」

と、答えた。

医師は、やはりというように何度もうなずき、

「暖イ所カラ来タ者ハ……」

と言って、今までいたこともない言葉を口にした。それは医学用語らしく、光太夫は庄蔵の病名にちがいないと思った。

医師は、死をまぬがれるためには足を切ることが必要なのだ、と繰返し言った。腐

った肉を切りとれば、死ぬことはないというのか。日本では膿《うみ》をはらんだ部分の皮膚を針で破り、膿を出すことはする。それと同じように小刀で肉を切り開いて腐った部分を取りのぞくというのか。

医師は、自分の左足の膝頭の少し上に掌を縦に立てて、勢いよく前後に動かし、コーシチという言葉を口にした。光太夫は、顔色を変えた。コーシチというロシア語は骨で、医師は庄蔵の左足の骨を切断しようとしているらしい。

「コーシチ」

光太夫は、呻くように言った。

医師は、平然とした表情でうなずき、コーシチといって再び掌を前後に動かし、

「ピラ」

と言った。

光太夫は、膝がふるえるのを手でおさえた。そのロシア語は、鋸《のこぎり》であった。

光太夫は、坐っていることができず、立ち上った。医師は、手ぶり身ぶりをまじえた言葉で庄蔵の足の骨を鋸で切断する、と再び言った。それが庄蔵を死からまぬがれさせる唯一《ゆいいつ》の方法だ、と説いている。日本では武家が相手の手足を刀で斬《き》りはらい、死罪の判決を下された罪人の首を首斬り役人が斬り落すことはする。しかし、医師が

病人の足を鋸で引き切るなどということは聞いたこともない。人間のなせるわざではなく、鬼にしかできぬ行為だ。

体が瘧《おこり》のようにふるえ、足がくずおれそうになって椅子の背をつかんだ。意識がかすみ、眼の前が暗くなった。

「早ク切ラナイト死ヌ。コレカラ切ル」

医師の顔には、なんの感情の色もあらわれていない。

鋸は木を切るものだが、骨を切ることもできるのだろうか。ロシアの医師は、治療法の一つとしてなんのためらいもなく人間の足を鋸で引き切るのか。

部屋の扉がひらいて、十人ほどの男が連れ立って入ってきた。半ばは白い衣服を着た若い医師であったが、他は屈強な体をした男たちであった。

男たちの手にしたものを見た光太夫は、さらに意識がかすむのをおぼえ、膝頭がくずおれて両膝をついた。それは金属製の器具と大きな鋸であった。薬液の入っているフラスコを手にした者もいれば、木綿と布を手にした者もいる。

机の前に坐っていた医師が立ち上り、若い医師たちと短い言葉を交し、器具を点検した。医師たちの眼がけわしく光り、互いにうなずき合うと、膝をついた光太夫の存在も眼に入らぬらしく、扉に近づき通路に出ていった。

光太夫は、両手を突いて辛うじて立ち上ると、扉の外に出た。一刻も早くこの場をはなれたかった。恐らく庄蔵は、院内のどこかの部屋に身を横たえていて、そこに医者たちと男たちが入ってゆくのだろう。

眼がくらみ、光太夫は足を踏みしめて通路を病院の入口の方に歩いた。今にもどこかの部屋から庄蔵の絶叫する声がきこえてくるような気がして、板壁に手を突きながら進んだ。ようやく前方に、病院の入口が見えてきた。かれは、足をふらつかせて路上に出た。

鍛冶屋の家にもどった光太夫の血の気の失《う》せた顔を見た水主《かこ》たちは驚き、小市が、

「どうかなさいましたか」

と、不安そうにたずねた。

光太夫は、腰を落し、頭を垂れて身じろぎもしなかった。水主たちが光太夫のまわりに坐り、顔を見つめている。

「庄蔵の身になにか……」

小市が、光太夫の顔をのぞき込むように視線を据えた。

光太夫が顔をあげ、水主たちを見まわした。口をきく気にはなれなかったが、かれらに事情を説明しなければならぬ義務がある、と思った。

かれは、口をひらいた。庄蔵の足の腐蝕はこのままではさらに上方へ伸び、それは死に至る。庄蔵を生かすには、とそこまで言って、

「足を膝頭の上から切らねばならぬ、と医者は言った」

と、深く息をついた。

水主たちは言葉もなく、光太夫に視線をむけている。光太夫は、再び頭を垂れた。

「切ると言いますと……」

磯吉が、ためらいがちにたずねた。

「鋸で引き切るのだ」

光太夫の言葉に、水主たちは顔色を変え、体を引いた。

光太夫は、血走った眼を水主たちにむけ、

「今頃は、もう庄蔵の左足は膝の所から切り落されているだろう。早く切らねば庄蔵は死ぬ、と医者は言っていた」

と、低い声で言った。

水主たちは、光太夫の顔を無言で見つめている。顔には恐怖の色がうかび、体をふるわせている者もいた。

光太夫は、医師ではない屈強な男たちの姿を思いうかべた。かれらは庄蔵の手足を

おさえる者たちで、庄蔵は身動きもできず、足を引き切られたのだろう。それは地獄であり、この世のものとは思えぬ情景であったにちがいない。光太夫は、庄蔵の空気を引き裂く叫び声を耳にしたように思った。

「恐しいことだ」

小市が、呻《うめ》くようにつぶやいた。

「庄蔵を生かすには、と医者は何度も言った。医者の言葉を信じなければならない」

光太夫は、水主たちを見まわし、自分に言いきかせるように言った。

夜、ふとんに身を横たえたが、眼が冴《さ》えて眠れず、輾転《てんてん》と寝返りを打ちつづけた。

庄蔵の家は貧しく、光太夫が通っていた村の寺子屋にもかれの姿はなかった。十歳になった頃にはどこか他の土地に働きに出ていたらしく長い間姿を見ることはなかったが、光太夫が「神昌丸」の船頭になった時、水主の中に庄蔵がいるのに気づいた。

幼い頃から苦労してきたためか、庄蔵はなにごとにも控え目で、常に人の背後にいるような男であった。長い漂流生活の末にアミシャツカ島に漂着し、その後、多くの者が死亡したが、庄蔵が生きつづけてきたのは、生れついてから貧しさになれていたからかも知れない。これまでは幸運にも病いにもかからず生きてきたのに、思いがけず足が寒気におかされ、鋸で引き切られる破目になった。庄蔵には、不運がつきまとってはなれないらしい。

病院では貧しい病人には無料で治療をし、庄蔵も例外ではなく、足を切断するにも多くの医師と補助の男がそれに取組み、かなりの費用がかかったにちがいない。その行為はむごたらしいが、根底には慈悲の心がある。

「ありがたいことだ」

かれは、胸の中でつぶやいた。

夜明け近く、ようやく眠りが訪れた。

朝になって、かれは小市ら四人と病院に足をむけた。庄蔵の容態を知りたかったし、医師に感謝の言葉を述べたかった。

前日おもむいた医師の部屋の前に行き、ロシア人の風習にならって扉を軽くたたいて押した。幸いにも医師は、窓ぎわの机の前に坐っていて、こちらに顔をむけた。

光太夫たちは、そろって頭をさげるとスパシーボと感謝の言葉を口にした。医師は笑みを顔にうかべ、うなずいた。

光太夫は、机に近づくと庄蔵の容態をたずねた。絶命したのではないか、という不安が胸をよぎった。当然、足の切断時には多量の血がふき出たはずで、それは死に直結する恐れがある。

「心配ハナイ」

医師はおだやかな口調で言い、手術の経過を簡単に説明した。

医師は、光太夫がこれまで耳にしたこともない言葉を口にしたが、それは前日男たちが手にしていた金属製の物々しい器具の名称らしく、その器具で腿の部分をかたくしめつけ、出血を防いだという仕種《しぐさ》をした。さらに医師は、左足の膝頭の上方を指し、そこから切断して焼酎《しょうちゅう》でつくった薬液を布にひたして巻き、それですべてが終了した、と言った。

「今ハ煎《せん》ジ薬ヲ与エテイル」

医師は、明るい眼をした。

「庄蔵ハ、生キテユケマスカ」

光太夫がたずねると、医師は、

「心配ハナイ」

と、同じ言葉を再び口にした。

光太夫たちは、スパシーボという言葉を繰返し、何度も頭をさげた。

庄蔵を見舞うことも考えられたが、足を断たれた痛みにもだえているにちがいなく、その姿を見るのはためらわれて、かれらはそのまま病院の外に出た。

かれらの顔には、わずかに生色がもどっていた。医師の心配ハナイという自信にみちた言葉に、たとえ左足の半ばが失われても庄蔵の生命が確実に保たれそうであることに安堵《あんど》をおぼえた。かれらは、鍛冶屋《かじや》の家にもどった。

光太夫は、庄蔵のことは病院にまかせておくとして、自分たちの生活を考えなければならぬ、と思った。役所では一日の生活費を五枚の銅貨と定め、一カ月分百五十枚を市長が渡してくれることになっている。しかし、宿泊している鍛冶屋の宿賃は、食費こみで一カ月二百枚であった。

これでは生活はおぼつかなく、光太夫は役所におもむいて市長に会った。光太夫が実情を訴えると、市長はすぐに諒承《りょうしょう》し、一日銅貨十枚とし、三百枚を月末に渡すことに改めてくれた。光太夫は、さらに鍛冶屋の家の部屋はせまく、五人起居するのは無理なので、他の家の部屋も借りて分宿したいと申出た。

これも市長は承諾し、新たに鋳物師《いものし》の家を斡旋《あっせん》してくれた。この家の部屋には、小市と磯吉が移った。

ようやく生活の不安もなくなり、光太夫は、イルクーツクの町の中を防寒具に身をかためて歩くようになった。広大なその地方の中心地であるだけに、今まで逗留《とうりゅう》した地とは比較にならぬほど規模の大きい町で、教会は七つ、芝居小屋、学校もある。

商店は、一町半（一六三メートル強）四方の敷地に建てられた大きな建物の中に並んでいて、店主は他に家をかまえていてそこから店に通っている。商品は衣類、金銀の装飾品、薬料、化粧品、茶、氷砂糖、綿布、木椀《もくわん》等で清国《しんこく》、朝鮮の商人も出入りしているようであった。

このイルクーツクは、ロシアで最も厳寒の地であるヤクーツクより寒気は弱いと言われているが、それでも寒さは驚くべきものがあった。光太夫たちは、庄蔵の例もあるので外出する折にはことのほか冷気にふれぬよう細心の注意をはらっていたが、磯吉が不覚にも凍傷におかされた。

外出する時には、熊《くま》の毛皮の衣服を身につけ、頭の上から顔、首、手足を狐《きつね》の尾でつくったものでおおう。磯吉もそのような身なりをして、ある日家を出ていったが、顔をつつんでいた狐の尾の継ぎ目がわずかに開いていて、そこから寒風が吹き込んだ。頬に冷気が強くしみて、すぐに隙間《すきま》をふさいだが、たちまち頬がしびれて無感覚になった。

驚いた磯吉は、宿所の鋳物師の家に急いでもどった。

部屋の内部は暖く、磯吉は毛皮の衣服を脱いだが、しばらくすると、驚いたことに頬から血液とも膿ともつかない水状の液がおびただしく流れ出てきて、床にしたたり落ちた。と同時にすさまじい痛みが起り、磯吉は、頰をおさえてころげ廻った。同室の小市は驚き、鍛冶屋の家に走って光太夫に告げ、光太夫は病院に走った。

すぐに医師が治療箱を持った助手とともにやってきて、フラスコに入った薬液を磯吉の頰に塗った。その薬は患部の肉を落す作用があるらしく、磯吉の頰の肉は脱落した。医師は平然としていて、その部分に他の薬を塗って帰っていった。

磯吉は苦しみもだえていたが、徐々に恢復《かいふく》し、数日後には平癒した。

光太夫たちは、あらためて冷気の恐しさを知った。

町に知り合いの者はなく、光太夫たちはなすこともなく過していた。

ある日、光太夫のもとに思いがけぬ人の訪れがあった。それは、カムチャツカに在住していたカピタンであった。カピタンとはカムチャツカからチギリへの旅に同行し、さらに船に乗ってオホーツクに来て、その地で別れた。旅の途中、カピタンは光太夫たちをなにくれとなく世話をし、光太夫たちもカピタンと遠慮のない親しい間柄になった。カピタンは、公用でオホーツクからヤクーツクをへてイルクーツクに来て、役所で光太夫たちが滞在しているのをきき訪ねてきたのだという。

光太夫たちは再会を喜び、カピタンも眼を輝やかせて一人一人の手を強くにぎりしめた。

光太夫が知る人もなく途方にくれているのを知ったカピタンは、この地には知人が多いので引き合わす、と約束してくれた。

その言葉通り、翌日からカピタンは迎えに来ては、知人の家に案内してくれるようになった。役人の家もあれば、商いをする者の家もあった。どの家でも、日本の漂民であることが珍しがられ食事や酒を出して歓待してくれた。ビノという酒はきわめて美味で、そのほかにウォーツカという酒があって、それはきわめて強く、そのまま口に入れると舌がただれてはがれるほどだというので飲むことはしなかったが、男たちは砂糖とぬるま湯をまじえて飲んでいた。

訪れた家の者は、光太夫たちが口にする漂流時の話を興味深げにきいた。さらに日本の町の様子、食物、家屋などの話に熱心に耳をかたむけた。家を辞する時には、必ずと言っていいほど光太夫たちに煙草《たばこ》、砂糖などを土産に持たせてくれた。

光太夫たちの生活は、急に彩《いろど》り豊かなものになった。

知り合いになった者は、他の知人を紹介する。噂《うわさ》をきいて、自分の家にも来て漂流のこと日本のことをきかせて欲しいという者も多く、光太夫たちは連日のようにそれらの家におもむいて語ることを繰返した。日本のような小さな島国などその存在すら知らないだろうと思っていたが、意外にもほとんどの者がある程度の知識は持っていた。日本をヤッポンスカヤと言い、温暖で豊かな国と理解していて、その国名を口にする時、かれらの眼には憧《あこが》れの光がうかぶのが常であった。

親しくなった人々の家を訪れる間、常に光太夫の胸に碇《いかり》のように重く沈んでいるのは、庄蔵のことであった。左足を膝頭《ひざがしら》の上から切断された時、庄蔵は激痛で狂ったように体をはねさせ叫びつづけていたはずであった。光太夫は、足の欠けた姿を眼にする気にはなれないので病院には足をむけず、つとめて庄蔵のことを忘れようとしていたが、時折り庄蔵の顔が眼の前にうかぶ。

すでに足を断ち切られてから一カ月近くは過ぎ、医師の治療で傷は癒《い》え痛みもうすらいでいるのではないだろうか。水主《かこ》たちは庄蔵のことを口にする者はなく、かれらはその姿を見るのを恐れている。しかし、光太夫は船頭としてその後の庄蔵の容態を知っておく必要があると考え、一人で病院に足をむけた。

院内の通路を進み、病室の扉の前に立った。

庄蔵の泣き叫ぶ声がしているのではあるまいか、としばらくの間、耳をすましていたが、扉の内部は森閑としていた。かれは、恐るおそる扉を押し開けた。

眼に庄蔵の寝台が映った。庄蔵は仰向けに寝ている。光太夫は、静かに扉の内部に身を入れ、少しの間その場に立ってから寝台に歩み寄った。

寝台のかたわらで足をとめた光太夫は、

「庄蔵」

と、声をかけた。

庄蔵の顔が動き、眼が光太夫の顔にむけられた。

「痛みはどうだ。傷口は癒えたのか」

光太夫は、気づかわしげにたずねた。

庄蔵は返事をせず、光太夫から視線をそらせて再び天井に眼をむけた。その眼に、光太夫は空恐しさを感じた。うつろな眼であり、感情をおさえた諦《あきら》めのただよっている眼の光で、今まで見たこともない庄蔵の眼であった。

庄蔵が、静かに眼を閉じた。光太夫は、庄蔵の顔を見つめた。足を切断される前より少し肉づきが増しているが、顔には深い絶望の色がうかんでいる。異境の地で片足を失った庄蔵は、自分一人の世界に身を沈めている。

光太夫は、身をかたくしてその場に立ち、やがて背をむけると扉の外に出た。

鍛冶屋の家にもどった光太夫は、鋳物師の家から小市と磯吉も呼び寄せて、水主たちに庄蔵を見舞ったことを告げた。

「痛みもうすらいだらしく、以前のように泣くこともしていない。顔色もよくなっている」

光太夫の言葉に、水主たちの顔に安堵の色がうかんだ。

「しかし、大分気持が落ち込んでいる。声をかけても返事をしない。無理もない、しばらくの間そっとしておいた方がいい」

水主たちは、一様にうなずいた。

春が訪れ、氷と雪がとけはじめた。屋根から雪どけ水が絶えず落ち、道にも水が音を立てて流れ、夜、ふとんに横になると川の中の洲《す》に身を置いているようにさえ思えた。

カピタンは、相変らずさまざまな人に引合わせてくれたが、光太夫にキリロ・ラクスマンという人物に会わせてやる、と言った。キリロは陸軍中佐で、学問に対する造《ぞう》詣《けい》が深く学者として広く知られ、ロシア皇帝の信頼もあつい。十七カ国の言語、文字に通じていて学校の教授の任にもある。薬用になる鉱物の知識がきわめて豊かで、石奉行とでもいった役職にもついている。

「アナタ達ハ、日本ニ帰リタイノダロウ」

カピタンは、カムチャツカからオホーツクまでの旅の道中、光太夫たちが特にその願いを口にしていたことを記憶していた。

「帰リタイ」

光太夫は、即座に答えた。

うなずいたカピタンは、その願いを実現させるためには政府の高官に働きかける必要があり、キリロは、その方面にも顔がひろく、キリロに会って助力をもとめる方がいい、と説いた。

光太夫はカピタンの好意を謝し、ぜひキリロに会わせて欲しい、と頼んだ。キリロは、町の郊外六里（約二四キロ）ほどの山間部に硝子《ガラス》の作業場を経営していて、そこに行っているので案内する、とカピタンは言った。

著名な学者だというキリロのような人物には、ロシア領に漂着してから会ったことはなく、光太夫は強い関心をいだいた。

翌日、約束通りカピタンが、馬一頭がひく馬車で迎えに来た。そのような乗物に乗るのは初めてで、光太夫はカピタンにうながされて内部に身を入れ、カピタンと並んで腰掛けに坐《すわ》った。

御者が馬に一鞭《ひとむち》あてると、馬車が走り出した。

馬車はイルクーツクの家並の間をぬけて進むと、山道にかかった。雪どけ水が小川のように流れる道を、馬車は蹄《ひづめ》の音をさせて登ってゆく。やがて前方に、二十間（約三六メートル）四方もある大きな建物と、そのまわりに多くの家が並んでいるのが見えてきた。作業場とは言いながら、かなりの規模であった。

造りのしっかりした家の前で馬車はとまり、光太夫は、カピタンと馬車からおりた。カピタンが家の中に入ってゆくと、六十年輩の体の大きな男とともに出てきた。キリロ・ラクスマンであった。

カピタンがあらかじめキリロに手紙で訪問することを伝えてあったので、キリロは万事承知しているらしく、光太夫を、

「コダユ」

と呼んで、握手した。

キリロは、先に立って作業場に案内した。場内の中央に硝子の原石を熔解《ようかい》する大きな竈《かまど》が据えられていて、職人たちが作業をしていた。働く者は二十一人とのことで、妻子とともに作業場をかこんで建てられている家に住んでいるという。

つくられているのは酒壺《さかつぼ》、花瓶、ガラス板、食器、灯球その他色とりどりの装飾品で、硝子製のそれらの品々は美しかった。製品はロシア国内のみならず満州方面にも送られて売られているという。

光太夫は、キリロが博覧強記《はくらんきようき》の学者であると同時に温厚篤実《とくじつ》な人柄であることをカピタンからきいていたが、その言葉通り教養のある人であるのを感じた。

作業場から出たキリロは、光太夫とカピタンを家の中に招き入れた。羅紗《ラシャ》を床に敷きつめた部屋には、硝子の装飾品が所々に置かれていて、光太夫はすすめられるままに椅子に腰をおろした。

気品のある夫人が出てきて光太夫に挨拶《あいさつ》し、キリロのかたわらの椅子《いす》に坐った。雇い女が、茶を硝子容器に入れて運んできた。

キリロは、光太夫にこれまでどのように過してきたかをたずねた。光太夫は、故郷白子浦《しろこうら》を出船してから破船して漂流したいきさつ、アミシャツカ島に漂着後、カムチヤツカ、チギリ、オホーツク、ヤクーツクをへてこのイルクーツクにたどりついた経過を詳細に話した。

「故郷ヲ出タ時ハ十七人デシタ。今、生キテイルノハ六人デス」

光太夫が言うと、キリロは首をふり、

「悲シイ話ダ。悲シイ話ダ」

と言って、夫人に眼をむけた。

夫人は、にじみ出る涙を布でぬぐっていた。

キリロは苦難にみちた光太夫の話に心を動かされたらしく、眼をしばたたいてしばらくの間黙っていたが、立つと光太夫の手をつかみ、

「アナタ達ノ助ケニナリタイ。出来ルダケノコトハスル」

と、眼に涙をうかべて言った。

光太夫は、キリロの温い気持に涙ぐみ、かすれた声で感謝の言葉を繰返した。

自分の椅子に坐り直したキリロは、イルクーツクでの生活の状態をたずねた。光太夫は、自分をふくむ三人が鍛冶屋、二人が鋳物師のそれぞれの家の部屋に住み、役所から全員の生活費として月に銅貨三百枚をもらい受けている、と答えた。

「六人デハナク五人ナノデスカ」

キリロは、人数をききまちがえたと思ったらしく、いぶかしそうな表情をした。

「一人ハ病院ニイマス」

光太夫が答えると、カピタンが言葉をはさみ、凍傷で足をおかされた庄蔵が左足の下半分を切断され、治療を受けている、と説明した。

「ソレハ気ノ毒ダ」

キリロは顔をしかめ、思案するように黙っていた。

カピタンが、思い切ったように口を開いた。

カムチャツカからオホーツクまで光太夫たちと旅を共にしたが、その間、光太夫たちが故国へ帰りたいと切望していることが切ないほどよくわかった、と言った。チギリからオホーツクまでの船旅で、光太夫たちが無言で何度も故国の方向と思われる海の彼方《かなた》を見つめ、眼に涙をうかべているのを見たという。

「日本へ帰リタイノデスネ」

カピタンが、答をうながすように光太夫の横顔に眼をむけた。

「ダー（はい）」

光太夫は即座に答えた。

キリロは、光太夫の顔を見つめ何度もうなずいた。

「日本へ帰リタイ」

光太夫は、胸に熱いものが突き上げるのを意識しながら甲高い声で言った。

「実ハ……」

カピタンが、光太夫たちの帰国の願いを実現させるためキリロの助力を求めにやって来たのだ、と説明した。帰国はロシア政府の許可がなくては不可能で、政府に願書を出す必要がある。キリロは高官に知己が多いので願書提出に力を貸してやって欲しい、と言った。

「無理モナイ。帰リタイ気持ハヨクワカル」

キリロは大きくうなずき、明日、イルクーツクの自宅にもどるので、明後日来宅して欲しい、と言った。

「話シ合オウ」

キリロは、悲しみにみちた眼を光太夫にむけた。

光太夫は、カピタンと腰をあげた。

キリロは、大きな腕で光太夫の肩を抱きながら家の外まで出ると、

「アナタ達ノ助ケニナリタイ」

と、繰返した。

光太夫は、カピタンと馬車に身を入れた。馬車が動き出し、光太夫は硝子板のはまった後部の窓に顔を寄せた。キリロが手をふり、かたわらに夫人が立っているのが見えた。馬車が、山道をくだってゆく。

「良イ人デショウ」

カピタンが、前方に眼をむけながら言った。

「良イ人デス」

光太夫は、心の底からそう思った。

温いものに全身を包まれているような感じであった。ロシア領に漂着してから親切なロシア人に多く接してきたが、キリロはその人たちとはちがった感じであった。自分にむけられる眼には、悴《せがれ》をいとおしむ父親のような光がおだやかにうかんでいる。果しなく大きな人物に感じられるのは、身にそなわった教養によるものなのか。

帰国を強く願いつづけてきたのは自分の心の枠内にかぎられていたが、今日キリロに会ってその枠が音を立ててはずれようとしているのを感じた。初めて第三者が、自分に手をさしのべてくれている。キリロに会うきっかけを作ってくれたカピタンに、深い感謝の念をいだいた。

「スパシーボ」

かれは、かたわらに坐るカピタンに頭をさげた。

馬車は走りつづけ、やがて前方にイルクーツクの町の家並が見えてきた。

鍛冶屋の部屋にもどった光太夫は、すぐに鋳物師の家にいる小市と磯吉を呼び寄せた。

「温い人柄の立派なお方にお会いした。そのお方の名はキリロ・ラクスマン」

光太夫は、カピタンに連れられてキリロの経営する硝子作業場に行ったことを口にし、さらにカピタンが光太夫をキリロのもとに連れて行ったのは、帰国する道を開くための助力を仰ごうとしたからだ、と言った。

「キリロ様は、オロシアの高位の役人たちを多く知っていて、それらの役人に私たちの願いを伝えてくれる立場にあるお方だ」

光太夫は、キリロが薬用にする鉱石を研究する学者で石奉行とでも言った任についていて、役人に大きな発言力を持つ人物だと説明した。

「私たちの境遇に深く同情し、涙までうかべていた。あなたたちの助けになってあげたい、出来るだけのことはする、と言って下さった。いい方に出会った」

光太夫は、興奮して言った。

水主たちの眼は輝やき、光太夫の顔を見つめている。

光太夫は、言葉をつづけた。

「故郷へ帰りたい、と念願しつづけてきたが、このオロシアの地を転々としている間にその望みが到底叶《かな》わぬことと思うようになっていた。どのようにしたら帰国できるのか、手がかりさえつかめぬ。このオロシアの地で老いさらばえ、骨を埋める以外にないのか、と……。しかし、今日キリロ様にお会いし、私は光を見た。あなたたちの助けになりたい、というお言葉に、帰国できる望みが初めて湧《わ》いた。キリロ様のお力にすがれば、故郷に帰る道も開けるかも知れない。共に故郷へ帰ろう、帰ろう」

かれは、不意に嗚咽《おえつ》した。

水主たちの間からすすり泣く声が起った。帰郷の望みをほとんど放棄し諦《あきら》めの境地におちいっていたかれらに、光太夫の言葉は思いもかけない衝撃をあたえた。光太夫は光を見たと言ったが、かれらも闇《やみ》の中に一筋の明るい道がのびているのを感じたようだった。

「故郷へ帰りたい」

磯吉が叫んだ。

泣き声がたかまった。

その夜、かれらは夜おそくまで熱っぽい口調で話し合った。

帰国するにはどのような方法があるか。町の商店には清国《しんこく》からのさまざまな交易品も売られていて、その国の商人たちが多くの馬の背にそれらの荷をくくりつけてやってきている。日本では、清国をオランダとともに交易国として許していて、清国の商船がひんぱんに長崎との間を往《ゆ》き来している。イルクーツクで交易品を売りさばいた清国の商人たちは、清国にもどるが、かれらについて清国に行くことができれば、交易船に乗って長崎へたどりつくこともできる。

清国に行くには、むろんロシア政府の許可が必要だが、果して清国行きを許してくれるかどうか。

「それは、甚だ疑わしい」

小市が、断定するように言った。

小市は、カムチャツカで日本の漂流民の悴の混血児が突然、訪れてきたことを口にした。かれの父親は、南部藩領下北半島の船の水主《かこ》で、船が破船、漂流してロシア領に漂着し、水主たちはカムチャツカに送られた。混血児の父は帰国を心から願いながらも、それが到底叶わぬものと諦めてロシアの女と結婚し、一男二女をもうけた。

小市は、顔をゆがめ、

「その話をきいてから、帰国の望みは叶えられないのを知った」

と言って、さらに言葉をつづけた。

その父親には同じ船に乗ってロシア領に漂着した仲間たちがいたが、かれらにも帰国した気配はない。当然、かれらも帰国を願い、それにはロシア政府の許可なくしては不可能と知り、各方面に訴えたにちがいないが、なんの効果もなく死に果てた。

そこで言葉を切ると、小市は、

「なぜ、このオロシア国では漂民を帰国させないのか」

と、強い口調で言った。

小市の言葉に、光太夫をはじめ水主たちは、頭を垂れたり壁に眼をむけたりして口をつぐんでいる。

光太夫は、これまで胸に重苦しくわだかまっていた疑惑を小市が代弁してくれている、と思った。混血児の父親の船がロシア領に漂着して船頭が死亡し、他の水主たちは漂着地にそのまま放置されてもよいのに、役人の手でカムチャツカにまで移されている。水主たちは、それが日本へ送還される処置と思ったにちがいないが、期待に反してそのままカムチャツカにとどめられた。恐らく水主たちは、あらゆる手だてをつくして帰国させて欲しいと必死になって哀願したはずだが、それは全く無視されたようだ。

常識的に考えれば、海の彼方から突然やってきた漂流民は迷惑至極の存在で、故国である日本に追い帰そうとするのが自然である。それなのに役人たちは漂流民を保護し、生活の資《かて》も得られるようにして妻帯をさせ、子も得て死を迎えさせている。光太夫は、それらの役人たちの背後にロシア政府の巨大な力が働いているのを感じ、不気味に思っていた。

アミシャツカ島に漂着後、自分たちに対する扱いも不可解であった。アミシャツカ島をはなれてからカムチャツカ、オホーツク、ヤクーツクをへてこのイルクーツクまで送られたが、それは、あきらかにロシア政府の指示を受けた役人の手による順送りで、これまで逗留《とうりゆう》した地では家を提供され食物もあたえられて保護されている。

ロシア政府は、自分たちをどのように考えているのだろうか。なんの益もない漂民なのに、なぜこのような扱いをするのか。南部藩領の漂民たちと同じように、政府はあくまでも自分たちをロシア領にとどめ、妻帯もさせてロシアの土と化そうとしているとしか思えない。帰国の望みが断たれれば、淋《さび》しさの余り女の肌に接したいと思うのは自然で、磯吉が危うくエレナと夫婦になりかけたように婚姻し、ロシアで生涯を終えることになる。それをロシア政府は望んでいるらしいが、なぜなのか。

「船頭、私の考えはまちがっていますか」

小市が、けわしい眼を光太夫にむけた。

光太夫は顔をあげ、

「小市の意見はもっともだ。なぜ日本の漂流民を帰国させようとしないのか。私にも見当がつかない」

と言い、そこで深く息をつくと、

「しかし、あれこれ考えてみても仕方がない。キリロ様は、私たちの帰国の願いを叶えさせるため出来るかぎりの助力をする、と力強く言って下さった。その言葉を信じて、キリロ様がどのようなことをして下さるのか、それにすべての望みをかけよう」と、言った。

水主たちは、無言でうなずいていた。

翌日、光太夫は落着かず町の中をあてもなく歩いた。寒気がゆるみ氷雪はすっかり消えて、露出した地面から水蒸気がゆらいでいる。道を往き交う人々の表情は明るく、商店にも買物客がむらがっていた。

翌日の午後、カピタンが光太夫をキリロの家に連れてゆくため迎えに来た。

水主たちは家の外に出て、光太夫がカピタンと馬車に乗るのを見つめていた。走り出した馬車を見送る水主たちの姿に、かれらが、キリロと自分との話し合いの結果がどのようになるのかを気づかっているのを感じた。

キリロの家は、教会のかたわらにあった。カピタンが扉の外で案内を請《こ》うと、キリロが待ちかねていたらしくすぐに出てきて二人を招き入れてくれた。広い部屋の壁ぎわには見事な硝子《ガラス》製の壺などが飾られている。

テーブルの上に紙と羽ペン、墨を入れた硝子製の壺が置かれていて、光太夫はキリロにうながされてカピタンとともにテーブルの前の椅子《いす》に坐《すわ》った。

「サア、始メヨウ」

キリロが、言った。

かれは、イルクーツク省の長官で陸軍中将でもある人物と親しく、光太夫たちの帰国願書をかれに渡せば、必ず都のロシア政府のもとにとどけてくれる、と言った。

キリロとカピタンは、願書の案文について熱心に話し合った。まず光太夫たちがなぜロシア領に来たのかという経過をつづるべきだ、ということになり、

「私ハ、一昨日ソノコトニツイテ聞イタガ、サラニ詳シク話ヲシテ欲シイ」

と、キリロは光太夫の顔を見つめた。

うなずいた光太夫は、故郷である白子浦を出船してからのことを話しはじめた。乗組の者は十七名で、大暴風雨に遭遇して破船、七カ月余漂流してロシア領アミシャツカ島に漂着し、その間に水主一名が死亡した。島ではロシア本国から出張していた豪商の手代であるニビジモフの保護を受けたが、生活は劣悪で、風土、食物のちがいに耐えられなかった七名の者がつぎつぎに絶命した。

その後、多くの苦難をなめて船でシベリア本土のカムチャツカに渡ることができたが、その地でも三名が病死し、生き残ったのは六名のみとなった。さらにチギリをへてオホーツクまで船で送られ、ヤクーツクからこのイルクーツクまでの旅の道中、恐るべき寒気に庄蔵が凍傷におかされ、イルクーツクに到着後、病院で左足を切断され

た。

光太夫は、語りながらも時折り声をつまらせて絶句し、キリロとカピタンも光太夫の回想を紙につづりながらしばしば筆の動きをとめ、にじみ出る涙をぬぐっていた。

「マタ明日、話ヲキカセテクレ」

一段落すると、キリロは悲しげに言って筆をおいた。

翌日、光太夫は、再び迎えにきたカピタンとキリロの家に行った。

光太夫は、イルクーツクにたどりつくまでの話を補足し、故郷に帰りたいという願いを熱っぽい口調で語った。生き残った六人には、それぞれ家族が故郷にいる。老いた両親をはじめ妻子そして兄弟姉妹。その者たちは全く消息を絶った光太夫たちがすでに死亡していると思っているのだろうが、それでも諦めきれずどこかで生きているのではないか、と望みを捨てきれずにいるはずだ。そうした肉親に無事である姿を見せ、かれらと共に嬉《うれ》し泣きに泣きたい、と光太夫は涙を流しながら強い口調で言った。

キリロとカピタンは、うなずきながら光太夫の訴えを書きとめた。

翌日から次の日にかけて、キリロとカピタンは、それぞれ書きつづった下書きを照合して願書をととのえた。願書の提出者は水主たちの代表である光太夫とした。

「私ハ、コレヲ長官ニ渡ス」

キリロは、自分にすべてをまかすようにという表情をして光太夫に言った。

数日後、キリロから光太夫のもとに使いの者が来て、家にくるようにと言った。早速、光太夫は使いの者とともにキリロの家に出向いていった。

部屋に招き入れられた光太夫に、キリロは帰国の願書をイルクーツク省長官に渡したことを告げた。

「長官ハ気持良ク引受ケテクレタ」

キリロが光太夫たち六人の身の上を話し、切に帰国を希望していると言うと、長官は深く同情し、すぐに役所の配達便で都に送ることを約束してくれたという。

さらに長官は、政府の高官にその願書を皇帝に上呈して欲しいと書き添えたことも口にした、と言った。

「必ズウマクユク。アナタハ都カラノ返事ヲ待テバヨイ」

キリロの眼には、やわらいだ光がうかんでいた。

光太夫は、感謝の言葉を述べて辞去した。

カピタンが、公用を終えてオホーツクに帰ることになった。カピタンは、光太夫たちにとって大恩人であった。知る人もないイルクーツクで途方にくれていた光太夫たちに町の人たちを紹介してくれ、それによって多くの知己を得た。その中にはキリロ・ラクスマンもいて、光太夫たちに同情したキリロは、カピタンとともに帰国願いの書面を作成してくれ、それは省の長官の手で都へ送られている。カピタンがキリロを紹介してくれたおかげで、帰国への道が開かれようとしている。

カピタンが出発する朝、光太夫は水主たちとともに町はずれまで送っていった。

「ヤッポンスカヤ（日本）ニ帰レルコトヲ神ニ祈ッテイル」

馬車の外に出て歩きながら、カピタンは光太夫の手をかたくつかんだ。

オホーツクは遠く、カピタンはヤクーツクをへてオホーツクに帰ってゆく。このイルクーツクで思いがけず再会したが、カピタンとは今後会うことは決してないだろう。

「道中御無事デ……」

光太夫は、手をにぎりかえした。

馬の手綱をとって歩いていた御者が御者台にあがり、カピタンも馬車の中に身を入れた。光太夫たちは、馬車が遠ざかるのを長い間見送っていた。

おだやかな日が過ぎた。

光太夫たちは、大きな商店の家に呼ばれて漂流話をしたりして過していたが、キリロはしばしば使いの者を寄越して、光太夫のみならず水主たちも招いて食事をふるまい、酒もすすめてくれたりした。

磯吉の身辺に、思わぬ動きが起っていた。

かれが宿泊している家の主人である鋳物師《いものし》が磯吉に娘の婿《むこ》になって欲しい、としきりに頼むようになっていた。鋳物師には二男二女がいて、十八歳の長女と結婚して欲しいという。

磯吉は、長身で彫りの深い鼻筋の通った顔をしていて、性格が快活であることが鋳物師夫婦に気に入られ、長女も磯吉に熱い視線をむけ、特別に食物をつくって部屋に持ってきてすすめるようになっていた。

鋳物師は、磯吉の名が余りにも短いと言って笑い、イソキチ・マチベイチと呼ぶようになり、光太夫のこともコウダユ・イワノイチと呼んでいた。鋳物師の名はマチベイチ・ゴロイチと言い、磯吉にマチベイチという名をつけたのは、婿にしようとする気持からであった。

しかし、磯吉は、鋳物師の請いを入れることがどのような結果をまねくかをむろん知っていて、鋳物師のすすめに笑いながら首をふっていた。もしも結婚すれば儀式は教会でおこなわれ、それはロシアの宗教に帰依《きえ》することを意味する。

日本では、キリシタン禁制で、漂流等の原因で国外に出た者が信者となって帰ってきた場合は入国させぬような処置をとっている。ロシアの女性と結婚すれば、日本に帰る道は完全に断たれる。磯吉がカムチャツカで美しく清純なエレナに心を奪われ肉体関係まで持ちながら、泣きくどいてしがみつくエレナを必死になって振りはらって別れたのも、それによって帰国できぬことを知っていたからだった。

エレナにくらべて鋳物師の長女ははるかに魅力に乏しく、光太夫は磯吉が決してその長女と情をむすぶ恐れはないことを知っていた。

水主たちは磯吉を、色男と言ってからかい、磯吉は照れ臭そうに笑っていた。

五月に入って間もなく、光太夫は一人で病院に行った。キリロが自分たちの帰国願いの書面を都に送ってくれたことを庄蔵に伝えて、沈んだ気持を少しでも明るくさせたいと思ったのだ。

かれは、まず庄蔵の容態を知りたいと考え、庄蔵の手術を担当してくれた医師の部屋に行ってみたが、医師はいなかった。そのまま扉の外で待っていると、やがて病室まわりをしてきたらしい医師が助手とともにもどってきて、光太夫を室内に招き入れてくれた。

庄蔵の容態をたずねると、医師は左足の切断個所は安定し、しばらくしたら木製の義足をつける予定だ、と言った。

光太夫は安堵《あんど》して礼を述べ、部屋の外に出た。

通路を歩き、病室の扉を開けた。庄蔵は、寝台の端に腰をおろしていた。病衣の裾《すそ》から左足の切断面がのぞいている。桃色の肉が盛り上っていて、妙に艶《つや》やかな色をしている。

庄蔵の顔にかすかに嬉しそうな表情がかすめ過ぎるのを眼にした光太夫は、ゆっくりとした足取りで寝台に近寄った。

「具合はどうだ。レーカリ（官医）が至極良いと言っていた」

光太夫は、笑顔で声をかけた。

庄蔵はうなずき、恥しそうに指先で病衣の裾を動かして足の切断面をかくした。

光太夫は、自分たちの近況を話した。カムチャツカからオホーツクまでの旅で同行したカピタンと思いがけず再会したこと。かれの紹介で町の多くの人たちと知己になり、キリロにも引き合わされて、キリロの助力で帰国願いを都に送ったことを述べた。

「必ずいい返事が都からくると思う。それが来たら、すぐに報《しら》せる」

光太夫が言うと、庄蔵はかすかにうなずいた。

それ以上、話すことはなにもなかった。義足をつければ歩くことも可能になるのだろうが、片足を失った庄蔵は絶望的な気持になっているはずで、明るい話題を口にすればかえって庄蔵を拗《す》ねた気持にさせるかも知れない。庄蔵の口もとはわずかにゆるんでいたが、横顔はうつろであった。

「また来る。元気でな」

光太夫は、ようやくそれだけを口にし、背をむけると扉の外に出た。庄蔵を見舞うのは辛《つら》く、かれは沈鬱《ちんうつ》な表情で通路を入口の方へ歩いていった。

漂流民の宿命

十日ほど過ぎた日の午後、磯吉が光太夫のもとに息をはずませてやってきた。かれは興奮していて、

「三人の男が来ました」

と、うわずった声で言った。

光太夫は、とぎれがちに磯吉の口からもれる思いがけぬ言葉をきいていた。男たちは馬車に乗って磯吉と小市が宿泊する鋳物師《いものし》の家に訪れてくると、日本人がいるときいて来たのだが、ぜひ会わせて欲しい、と鋳物師の妻に言った。

磯吉と小市が家の戸口に出てゆくと、男の一人があなたたちは日本人ですか、と言った。

「それが日本の言葉なのです。私は日本人の悴《せがれ》でございます、ここに来ている二人の男も日本人の悴でございます、と言うのです」

磯吉は、眼を大きく開いて言った。

光太夫は、思わず椅子《いす》から立ち上った。磯吉の口にする言葉の意味が、とっさには理解できなかった。日本人の悴というのは、親が日本人ということなのか。それも三人の男すべてが、そうであることが信じがたかった。

驚いたように磯吉を見つめていた新蔵が、磯吉に近づくと、

「どういうことだ」

と、甲高い声でたずねた。

磯吉は、

「おれにもわからない。しかし、男の一人が訛《なま》りはあるものの日本の言葉で日本人の悴だと言ったのだ」

と、答えた。

光太夫は、磯吉の顔に視線を据えた。カムチャツカで父が日本人だという若いキリロが突然姿をみせて、

「日本人、おいでか」

と、日本の言葉で声をかけてきた折の驚きが胸によみがえった。

鋳物師の家に磯吉と小市をたずねてきた男たちは、カムチャツカのキリロと同じよ

うに日本人を父としているのか。

「ともかく来て下さい」

磯吉の言葉に、光太夫は同室の新蔵、九右衛門とともに鍛冶屋《かじや》の家を出ると、磯吉の後について道を小走りに歩いていった。

鋳物師の家に入って部屋の扉をあけると、磯吉の言葉通り三人の男が小市と向き合って立っていた。光太夫は、振向いたかれらの顔がどこか自分たちと同じような容貌《ようぼう》をしているのを眼にし、日本人の血をひいているらしいのを感じた。

かれらの前に立った光太夫は、

「アナタ達ハ、ドウイウオ方デスカ」

と、注意深くロシア語でたずねた。

三人とも若く、一人は長身、一人は中肉中背、他は光太夫たちと同じように背が低かったが、背の低い男が、

「日本の言葉で話してもよろしいでしょうか」

と、日本語で言った。

その言葉は、カムチャツカのキリロと同じように南部訛りの強いもので、キリロの父親と眼の前に立つ男たちの父親が仲間同士の水主《かこ》かも知れぬ、と思った。

「話して下さい」

光太夫は、うなずいた。

男は、日本語を正確に話そうとするように息を吸いこむと、

「私の父親は、日本の宮古（岩手県宮古市）という港町で生れました。久助という名で、オロシアの名前はフィリップ・ニキホロフ・トラペズニコフです。私はイワン・フィリポビッチ・トラペズニコフ」

と、言った。緊張していて、顔が赤らんでいる。

トラペズニコフは、さらに横に並んで立つ長身の若者に眼をむけ、南部藩領（下北半島）の奥戸《おこつぺ》生れの三之助《さんのすけ》の悴で、三之助のロシア名はイワン・イバノビチ・タタリーノフ。悴の名はアンドレイ・イバノビチ・タタリーノフで、三之助からは三八と名付けられていた、と言った。

中肉中背の青年は、南部藩領大間《おおま》生れの長松の悴で、長松のロシア名はイワン・アハナシエフ・セメノフ。

「私たちの父親は同じ船に乗っていた仲間でしたが、一人も生きておりません」

トラペズニコフの眼には、悲しげな色がうかんでいた。

光太夫たちは、驚きで言葉もなくトラペズニコフら三人の若い男を見つめていた。

瞳《ひとみ》が黒い者もいて、どことなく日本人の容貌に似ている。かれらの父親は日本人だというが、それに相違はなく、光太夫はトラペズニコフの言葉を信じながらも日本人を父に持つ男が三人眼の前に立っているのが不思議に思えた。

トラペズニコフは、父久助に幼い頃から日本語を教わり、生前の父と自由に日本語で会話を交すのを常としていたが、他のタタリーノフとセメノフは日本語を話すことができるものの、それは十分ではないという。三人とも父のことをなつかしく思っていて、日本の漂流者たちがイルクーツクに来ているという話を耳にして互いに申合わせて訪れてきたのだ、と言った。

「あなたたちの父親は、どうしてこのイルクーツクに来たのか。知っているなら話して欲しい」

と、光太夫は言った。

トラペズニコフは、父がことあるごとに漂流民になったいきさつについて繰返し口にしていた、と前置きして、事情を話しはじめた。

四十五年前の一七四四年（延享《えんきょう》元年）、父久助は水主として「多賀丸」に乗ったが、船は大暴風雨に遭って破船、漂流の後、オンネコタン島に漂着した。その間に乗組の者十八人のうち七人が死亡、島に上陸してから沖船頭の竹内徳兵衛も死んだ。残りの十人はロシア人の役人によってカムチャツカに連れてゆかれ、さらに都に送られてそこに逗留《とうりゅう》後、イルクーツクに移されて身を落着けた。その中の三人がトラペズニコフ、タタリーノフ、セメノフの父であるという。

三人は、帰国を願いながらも望みがかなわぬのを知り、それぞれロシアの女と結婚し、洗礼を受けた。イルクーツクには、航海学校内に日本語学校が設けられていて、漂流民たちは教師となってロシア人の子弟たちに日本語を教えていたが、やがてつぎつぎに死んだ。

「父は教師の謝礼として年に百五十ルーブリをあたえられ、家族の生活は楽でした」

トラペズニコフは、タタリーノフ、セメノフの父も教師であった、と言った。

光太夫は、漂流民たちが日本語の教師をつとめていたということに、大きな驚きをおぼえた。想像もしていなかったことであった。

「お願いしたきことがございます」

トラペズニコフが、日本人のように腰を折って頭をさげた。

かれは、神妙な表情で話しはじめた。母はまだ健在で妹もいるが、日本人がイルクーツクに来ているのをきくと、夫と同じ国の人ということでひどくなつかしがり、ぜひぜひわが家に連れて来てくれと言っているという。

「実は、今日、ここに皆様のもとに参りましたのは、母の願いをききとどけていただきたい、と思ったからです」

トラペズニコフは、再び頭をさげた。

光太夫は、「多賀丸」の水主たちが、帰国の望みも断たれてロシアの女を妻とし、子ももうけた。どのような心情にあったのか推しはかることはできないが、家庭人としてささやかな幸せを得ていたのかも知れない。それがどのようなものであったのか、光太夫はのぞき見たい気持がした。久助の妻であるロシアの女性が、自分たちに会いたいと切に願っているというが、その女性を見、その家庭も眼にしたかった。

「うかがいましょう」

光太夫は、答えた。

トラペズニコフは喜び、何度も頭をさげた。

小市、磯吉、新蔵、九右衛門も同行することになり、トラペズニコフ、タタリーノフ、セメノフとともに馬車に乗った。漂流民久助の妻であった女は、どのような女なのか。その女に会って久助のロシアでの生活がどのようなものであったかを知りたかった。

トラペズニコフの家は、鋳物師の家から八町（約八七二メートル）ほどの所にあった。

中流程度の造りの家であった。

光太夫たちがトラペズニコフの後について家に入ると、部屋に鼻梁《びりょう》の高い青い眼をした年老いた女と色白の若い女が立っていた。

彼女たちは、うるんだ眼をして光太夫たちを見つめている。トラペズニコフが、老女を母、若い女を妹と紹介した。光太夫たちは椅子をすすめられて老女と向い合って坐《すわ》った。トラペズニコフ、タタリーノフ、セメノフと妹は、立っていた。

老女が、突然手にした布で顔をおおうと激しく泣きはじめ、娘も肩をふるわせ声をあげて泣いた。老女は、声をとぎれさせながら夫のことは今でも片時も忘れられず、夫と同国人の光太夫たちを眼にして夫を身近に見ているようで嬉《うれ》しくてならぬ、と言い、娘は光太夫たちが父と似ていて、こんな幸福な日はない、と言って泣いた。

光太夫は、涙ぐんだ。漂流民の久助は、このような妻と娘に愛され暮していたのか。息子のトラペズニコフも、顔を伏せて涙を流している。

やがて涙をぬぐった老女が立ち上ると、娘とともに奥に入っていった。用意していたらしく、牛肉、雁《かり》、魚の肉や野菜を盛った大きな皿をつぎつぎに運んできて広い食卓に並べ、酒壺《さかつぼ》も置く。山海の珍味というにふさわしい豪華な料理で、光太夫たちは老女たちとともに食卓をかこんだ。

光太夫たちは、熊手《くまで》（フォーク）と小刀（ナイフ）で肉などを口に運びながら、老女が時には眼を輝やかせ時には涙で声をつまらせて話す言葉をきいていた。

結婚したのは久助が日本語学校の教師となってからで、久助は漂流のこと、ロシア領に漂着してからの経過を事細かく話し、さらには日本の家屋、食物、風習についても夢見るような眼をして教えてくれたという。

「キュスケ（久助）ハ、マコトニ優シイ人デシタ。私ヲ愛シ、息子モ娘モ愛シテクレマシタ。今デモ感謝シテイマス」

老女の言葉に、トラペズニコフも娘も何度もうなずき、娘は、

「ソウデス、愛シテクレマシタ」

と、涙で眼を光らせながら言った。

「キュスケガ今生キテイタラ、サゾ喜ンダデショウ。短イ命デアッタコトガ残念デス」

老女は、新たに涙を流した。

光太夫は、家族愛の深さに感動した。帰国を切望しながらそれが果せぬことに失望していたにちがいない久助が、このような情のあつい妻子にかこまれて生き、そして死んだことに救われた思いがした。

久助は、息子のトラペズニコフを日本語学校の生徒にして日本語を教え、家にあっても会話を交すようにしていたという。

「父親は、私にとって良い師匠でした」

トラペズニコフは、日本語で言った。

小市たちは酒を口にふくみながら、老女に久助の日常のことについて質問した。老女は、宮古浦という海ぞいの町で生れた久助が、船に乗って都である江戸にも行ったことがあるときいた、と言った。久助はロシア語の日常会話に不自由はなく、もっぱらロシア語で話をしていたが、時折り酒を飲んだ時など日本の歌をうたって涙ぐんでいたという。

「キュスケ（久助）ガ生キテイタラ、貴方達《あなた》ト会エタコトヲドレ程喜ンダデショウ」

老女は、声をあげて泣き、光太夫たちは無言で坐っていた。

やがて光太夫が、御馳走《ごちそう》になった礼を述べ、辞去することを口にした。老女は立ち上ると、泣きながら光太夫たちを一人一人強く抱きしめて、唇を吸った。光太夫たちは、老女と娘の手をにぎって家の外に出た。

かれらは馬車に乗り、手綱をとったトラペズニコフが鞭《むち》を馬にあてた。家の外に老女と娘、タタリーノフ、セメノフが立ち、光太夫たちは手をふった。馬車は、月光に明るんだ夜道をゆっくりと進んでいった。

その日、久助の遺族に会ったことは、光太夫に大きな刺戟《しげき》をあたえた。「多賀丸」の水主たちは、ロシア領に漂着後、帰国を切望しながらそれを果せず、それぞれロシアの女性と結婚し、子ももうけてこの地で死を迎えた。久助は酒に酔った折に日本の歌をうたっていたというが、ふる里のことを思い描いていたのだろう。なぜ、久助たち「多賀丸」乗組の者たちは日本へ帰れなかったのだろうか。帰国するとすれば、ロシア政府が船を仕立てて送り帰すことになるが、そのような労を政府がとる気はなかったのか。

光太夫は、キリロ・ラクスマンの助力でイルクーツク省長官を通してロシア政府に帰国願いを提出している。キリロも長官も、その願書はロシア政府に受け入れられるだろうと言っている。久助たち「多賀丸」乗組の者たちは、帰国しようとして努力したはずだが、それは実現することはなく、光太夫はその理由を知りたかった。

それを知るには久助の子のトラペズニコフに会って話をきく以外にない、と思った。

二日後、光太夫は一人でトラペズニコフの家に行った。幸いにもトラペズニコフは在宅していて、母と妹とともに喜んで迎え入れてくれた。

光太夫は、先日歓待してくれた礼を述べ、トラペズニコフと向い合って坐った。トラペズニコフの母と妹は茶菓を出し、かたわらに坐った。

光太夫は、早速、本題に入った。親切なキリロの斡旋《あっせん》で省長官から光太夫たちの帰国願いの文書が都に送られたことを述べた。

「あなたの父久助殿は、オロシアの政府に帰国願いを提出したことはなかったのですか」

光太夫は、トラペズニコフの顔を見つめた。

トラペズニコフは、両手をひろげ肩をすくめると、知らないというように首を振った。

「日本へ帰りたいという気持はなかったのでしょうか」

光太夫の言葉に、トラペズニコフは急に真剣な表情をすると、

「帰りたいと思っていました。なにも言いませんでしたが、私にはよくわかりました。母も妹もそれは知っています。父が黙り込むのは、日本のことを考えている時でした」

と、悲しげな眼をして言った。

「日本へ帰りたいと願いながらも、それが果せなかったのは、父とその仲間の方だけではありません」

トラペズニコフは、さらに思い起すような眼をして言った。

光太夫は、一瞬頭が混乱するのをおぼえた。父とその仲間だけではないということは、他にも同じような者がいたというのか。

「日本語学校の教師となった父は、過去にも自分と同じ境遇の日本人が何人もいたことを知るようになりました。それらの人が帰国を望みながらオロシアの土となったことを知り、帰国を諦《あきら》めて母と結婚したのだと思います」

「過去に？」

光太夫は、意外な言葉に思わず問い返した。オロシアの土となったのは、久助たち「多賀丸」乗組の者たちだけではなかったのか。

「久助殿たちが、このオロシアに漂着する以前にもオロシアに来た日本人が何人もいたというのですか」

思いがけぬことを耳にした光太夫は、トラペズニコフの顔を見つめた。

「そうです。父は、日本語学校の師匠になってから、過去に自分と同じように漂流してこのオロシアに来た日本の船乗りたちがいたことを知るようになりました。初めに漂着したのはデンベイという人で、もう九十年も前のことです」

信じがたい話であった。しかし、破船して漂流すれば、自分の乗った船と同じように潮の流れに乗ってロシア領に漂着した船があったことは当然考えられる。

「デンベイ」

光太夫は、呻《うめ》くようにつぶやいた。それは伝兵衛という名の船乗りなのだろう。

トラペズニコフは、父久助からきいたデンベイという人物について話しはじめた。

デンベイは、コサックの隊長がカムチャツカ半島を探険した時、原住民に捕われて奴隷《どれい》として働かされているのを発見された。デンベイは、隊長の質問にオザカ生れでエンドへ船で行く途中、大暴風雨に遭って難破し、カムチャツカ半島に漂着した、と手ぶりで説明した。オザカは大坂、エンドは江戸であったが、隊長はデンベイをインドのオザカ地方の生れであると解釈した。

デンベイは、インド人として隊長に連れられてヤクーツクに行き、さらにモスクワへ送られた。その間に、デンベイはロシア語をわずかながらおぼえ、役所で父は大坂の商人であることを口にし、「万九ひち屋（質屋）たにまちとホリ（谷町通り）にすむ立川伝兵衛」と、日本文で書いた。さらに大坂商人のアワスディヤ（淡路屋？）のマタウイン（又兵衛？）に雇われて上乗り役として船に乗り組み、遭難したことも手ぶりをまじえて説明した。船は十五人乗りで、帆柱を切り倒した時に二名が海に落ちて死に、長い漂流の末、カムチャツカ半島の南部に漂着した。

それを見た原住民たちに襲われて乗組の者たちははなればなれになり、伝兵衛は仲間二人とともに捕われて原住民の村へ連行され、奴隷として酷使された。仲間の二人は死亡し、伝兵衛は辛うじて生き残り、その地に来たコサック隊長に発見されたのだ。

コサックの隊長は、伝兵衛について役所への報告書に、

「デンベイハ、ギリシャ人ニ似テイテ、ヤセテオリ、髭《ひげ》ハ薄ク髪ハ黒イ。非常ニ理性ニスグレ、自国（日本）ノ文字ヲ書ク」

と、記している。

伝兵衛は、役人の質問に答え、日本の政治、銃、大砲、気候、家畜、食物、ことに金銀が豊富なことを陳述した。

伝兵衛のことを耳にした皇帝ピョートル一世はかれを引見し、詳細に日本の国情についてたずねた。皇帝はオランダで造船術を学んだこともあって、日本との貿易国であったオランダで日本についての知識も得ていた。日本の主要な貨幣が金で鋳造された大判、小判であることに興味をいだいていて、伝兵衛からそれが事実であることを知り、日本に強い関心をいだいた。

皇帝は、将来、日本と接触することが必要だと考え、伝兵衛にロシア人子弟に日本語を教えるよう指示し、それに従って伝兵衛は少数の者に日本語を教えた。伝兵衛は、

日本語を教え終えたら日本へ送り還《かえ》してやると言われていたが、それは実現せず、帰国を断念したかれは洗礼を受けてガブリエルという名をあたえられた。

「デンベイについで日本言葉の師匠になったのは、サニマという日本人です」

トラペズニコフは、その日本人のことは父久助とイルクーツクの役人からきいた話だ、と言った。

サニマは三右衛門で、十人乗りの船に乗って破船、漂流し、カムチャツカ半島のカリギル湾に漂着した。原住民の襲撃を受けて四名が殺され、さらにロシアのコサック隊と原住民との戦闘の巻きぞえを受けて二名が死亡、三右衛門ら四名がコサック隊の保護下に入った。やがて、二人が死亡、三右衛門は、ロシア政府の命令による千島列島探険隊に同行を命じられた。かれは松前のアイヌ語通事であったので、千島の事情にも通じ、アイヌとの通訳の役目に任じられたのである。

探険を終えて千島からもどった三右衛門は首都ペテルブルグに送られ、途中洗礼を受けてイヴァンと名乗り、伝兵衛の助手としてロシア人に日本語を教え、ロシアの女性と結婚して子ももうけた。

やがて伝兵衛は死亡し、三右衛門もこの世を去った。

伝兵衛と三右衛門が日本語を教えていたロシア人子弟はきわめて少数であったが、

ロシア政府はようやく実をむすびはじめた日本語教育の流れが断たれるのを惜しんでいた。そこにソーザとゴンザという二人の日本の漂流民が現われた。かれらが乗っていたのは、薩摩《さつま》国（鹿児島県）の船である「若潮丸」（十七人乗り）であった。

「若潮丸」は、享保《きょうほう》十三年（一七二八）十一月八日、御城米、紙等を積んで薩摩から大坂へむかう途中、大時化《おおしけ》に遭遇して破船し、半年余り漂流した後、カムチャツカ半島のロパトカ岬附近に漂着した。そこに原住民をひきいたコサック隊長がやってきて、いったんは去ったが、再び現われて「若潮丸」の物資を略奪し、ソーザとゴンザ以外の船乗りをすべて殺害した。

二人は、カムチャツカに連行され、隊長に奴隷さながらに酷使されていたが、ヤクーツクから赴任してきた代官が隊長の暴状を知って投獄し、ソーザとゴンザを保護した。ソーザは宗蔵、ゴンザは権蔵で宗蔵三十五歳、権蔵十一歳であった。

二人は、ヤクーツクをへて首都ペテルブルグに送られた。

日本に関心をいだいていた女帝アンナは二人を引見し、漂流の次第、日本事情をたずね、二人は手ぶりをまじえておぼつかないロシア語で答えた。二人は、女帝の命令で修道司祭のもとにあずけられ、洗礼を受けて権蔵はダミアン・ポモルツェフ、宗蔵はコジマ・シュルツという名を受けた。若い権蔵は、神学校に入れられてロシア語を本格的に学び、女帝の命によって日本語学校で宗蔵とともに教師に任命された。

その年に宗蔵は死亡し、教師は権蔵のみとなったが、秀《すぐ》れた頭脳をもつ少年であったかれはロシア語に熟達し、学校長ボクダノフとともに世界最初の露日辞典を作成した。しかし、権蔵は漢字を知らずもっぱら平仮名で記し、それも薩摩言葉であった。

宗蔵の死後三年にして権蔵も二十一歳で死亡し、日本語教師は皆無になったが、ボクダノフの尽力によって日本語学校はそのまま存続された。それから六年後、南部藩領下北半島佐井の「多賀丸」が、北千島のオンネコタン島に漂着したのだ。「多賀丸」の水主《かこ》であったトラペズニコフの父久助もイルクーツクで日本語学校の教師となり、死亡している。日本語学校の生徒となったトラペズニコフは、学校長ボクダノフと父から、日本語学校成立の由来とその後の経過、そして教師となった日本人たちの話をきいたのだという。

トラペズニコフの話は断片的であったが、思いもかけぬ内容に、光太夫は言葉もなくトラペズニコフの顔を見つめていた。

ロシア領に漂着した伝兵衛、三右衛門、宗蔵、権蔵そして「多賀丸」の漂流民たち。かれらは一人残らずロシア政府の指示で日本語学校の教師に任ぜられ、ロシアの宗教に帰依《きえ》して洗礼名を受け、それはキリシタン禁制の日本へ帰れぬことにつながっている。むろん、かれらは日夜、故国へ帰ることを熱望し、激しくもだえ苦しんだはずであった。しかし、帰国への道は閉ざされ、かれらは苦悩の末、洗礼を受け、この世を去った。

光太夫は、体がふるえるような恐怖感におそわれた。自分より以前にロシア領に漂着した日本の漂流民の中で帰国できた者は一人もなく、ことごとくロシアの土と化している。かれらの悲痛な泣き叫ぶ声がきこえるようであった。

なぜ、かれらは帰国できなかったのか。

光太夫は、それには巨大な力が作用しているのを感じた。

日本との接触がないロシアは、日本と貿易をしているオランダなどから日本についての知識を得ているのだろう。貨幣が大判、小判であることでもあきらかなように、日本は豊富な金《きん》にめぐまれ、神秘的な国とされているのではないのか。

たしかに日本は、ロシアなどとちがって温暖な気候にめぐまれ、耕地は肥沃《ひよく》でさまざまな農作物が豊かに収穫されている。海には魚介類が満ち、国土は緑におおわれ、清らかな川が至る所に流れている。港は、ロシアのように長期間凍結することなどなく、春夏秋冬、船は自由に港に出入りできる。北国では雪が降るものの、氷に閉ざされることはなく、人馬の往来もさまたげられることはない。

ロシアの海は一年の半ば近くが氷に閉ざされ、港に船の出入りは全く不可能になる。それはロシアにとって宿命的な弱点で、そのため港の凍結することのない南の地への志向がきわめて強い。海をへだてた日本は温暖で、海は凍らず理想の地に思えるのだろう。その上、豊富に金を産するという日本にロシア皇帝は、将来、積極的に接触することを考え、そのためには日本語に通じる人材を養成する必要を感じているのだろう。

日本の東海岸ぞいに流れる黒潮は北へとむかい、大時化に遭遇して破船、漂流した日本の荷船はその潮流に乗ってカムチャツカ半島方面に漂着する。ロシアにとってそれらの船の漂流民は、願ってもない存在で、かれらを教師に仕立ててロシア人子弟に日本語を習熟させている。

ロシア政府は、オランダ等からの情報で日本がきびしいキリシタン禁制を国是としていることを知っている。海難事故で他国に漂着した者がキリスト教系の宗教に帰依すれば、その者の帰国の道は完全に断たれる。そのことを知った政府は、教会で漂流民に洗礼を受けさせて故国へ帰る望みを放棄させ、日本語教師としてとどまらせるという方法をとっている。

異国の地で孤独に生きる漂流民は、性欲をおさえがたく、近づいてくるロシアの女性の情に屈する。教会で結婚式をあげることは洗礼を受けることに通じ、それによって帰国の望みは完全に断たれる。伝兵衛、三右衛門、宗蔵、権蔵それにトラペズニコフの父久助とその仲間たちもすべて洗礼名を受けてロシアの女性と結婚し、子までもうけている。

もしかすると、ロシア政府は、漂流民に意識して女性を近づけさせているのかも知れない。それは、索漠とした日を送る漂流民の弱みを突いたもので、漂流民はその罠《わな》に例外なくはまり込んでいったのではないのか。

光太夫は、アミシャツカ島に漂着以来の自分たちのことを思い返した。カムチャツカにおもむき、それからチギリ、オホーツク、ヤクーツクをへてこのイルクーツクに送られてきたが、土地土地の役人は好意的で旅も官費によってまかなわれ、それは政府の指令であることはあきらかだった。

光太夫は、日本語学校が恐るべき存在であるのを感じた。それは、ロシアの南進政策の一環である日本との接触を目標にもうけられたもので、日本語教師として漂流民が利用されている。かれらを職務に専念させるため、日本へ帰りたいという望みを洗礼を受けさせることによって完全に断ち切っている。漂着地からイルクーツクに送られてきた自分たちも、すでにロシア政府の掌中にあると言っていい。

かれは、居たたまれぬ思いであわただしく腰をあげると、

「また来ます」

と、トラペズニコフに言い、かれの母と妹に挨拶《あいさつ》して外に出た。

鍛冶屋《かじや》の部屋にもどった光太夫は、すぐに鋳物師《いものし》の家にいる小市と磯吉を呼び寄せた。

光太夫のきびしい表情に、水主たちはかれの顔を見つめた。

光太夫は、トラペズニコフからきいた話を口にした。

過去にロシア領に漂着した伝兵衛、三右衛門、宗蔵、権蔵そして「多賀丸」乗組の漂流民たちの中で、日本へ帰れた者は一人もいない。その言葉に、水主たちの顔から血の色がひいた。

「なぜです」

小市が、顔をこわばらせてたずねた。

「オロシアの寺（教会）に行ってその宗旨に帰依し、キリシタンになったからだ。皆もよく知っての通り、日本はキリシタン御禁制で、キリシタンになったかぎり決して帰国できぬ。トラペズニコフの久助さんという父親も、キリシタンになって帰国できぬ身になったのだ」

水主たちは、顔を青ざめさせて光太夫の顔を食い入るように見つめている。かれらの顔には、恐怖の色がうかんでいる。

「キリシタンにさえならなければよいのでしょう」

小市が、低い声で言った。

光太夫は、どのように説明すべきか思案し、少しの間黙ってから、

「このオロシアに漂着した日本人たちは、都におられる皇帝のお指図で、一人残らずキリシタンになるよう仕向けられたのだ」

と言い、なぜそのような指示がされたかを、推測ではあるがと前置きして説明した。

皇帝は、日本に重大な関心を寄せている。折をみて日本に接触し交流を密にすることを夢みている皇帝は、それに対する準備として日本語を解する人材の育成を必要視している。

「トラペズニコフの父親である久助という人は、日本語学校の師匠となり、それ以前に何人も日本の漂流民が師匠となり、このオロシアの土となっている」

水主たちは、身じろぎもしない。

「漂流民は、日本語学校の師匠としてなくてはならぬ者たちなのだ。だから決して帰国はさせない。落着いて師匠の役目をはたさせるためには、帰国の望みをすべて捨て

させる必要がある」

光太夫は、かれら漂流民の悲哀に涙が眼にうかぶのを意識した。

「女だ。オロシアの娘は、肌が雪のように白く目鼻立ちの美しい者が多い。淋《さび》しい日々を送る漂流民は、身を寄せてくる娘に手をのばす。これは人間の情として無理からぬことだ。祝言《しゅうげん》は、寺（教会）でする。その時にオロシアの宗旨に帰依し、名もオロシアの名に改める。キリシタンになり、帰国の望みは断たれるのだ」

水主たちは、視線を落し、口をつぐんでいる。

かれらの顔に絶望の色が濃くうかんでいるのを眼にした光太夫は、

「決して諦《あきら》めてはならぬ」

と、語気を強めて自分にも言いきかせるように言った。

「私たちは、キリロ様のお力を借りて、都に帰国願いの書面を送った。これまで日本の漂流民の中には皇帝の御引見をいただいた者もいるときくが、恐らくかれらは、ただ恐れ入るばかりで、日本へ帰してもらいたいと嘆願した者はいないのだろう」

かれは、言葉を切ると、水主たちを見廻し、

「私たちが初めて都に書面で帰国願いを出したのだ。日本への接近を願う皇帝は、それを無視するはずがないと思う。必ず良き報《しら》せがある」

と、力強い口調で言った。

その言葉に水主たちは、わずかながらも気をとりもどしたらしく、顔をあげて光太夫に眼をむける者もいた。

気持がくじけては、この異国の地で生きつづけることはむずかしく、心の支えとなっているのは、いつかは帰国できるという望みだけだ。それを失えば、たちまち一人残らず腑《ふ》抜《ぬ》けになって、生きることもむずかしくなるだろう。

「女はこわいぞ。女に手を出せば、故国へ帰ることはできなくなる。肝に銘じておくのだ」

光太夫は、きびしい口調で言った。

数日後、光太夫は一人で病院に足をむけた。

庄蔵のことが常に念頭からはなれなかったが、病院に行くのは気が重かった。片足を失った庄蔵は暗い表情をしていて、声をかけても返事をしない。その悲哀がわかるだけに、光太夫は見舞いに行っても無言で庄蔵に眼をむけているだけで、沈黙が重苦しく、その場をはなれるのが常であった。

病室の扉の外に少しの間立ち、扉を押して内部に入った。庄蔵は、寝台に腰をおろし、右足先を床にふれさせていた。

光太夫は、庄蔵の頬がゆるむのを見た。思いがけず嬉《うれ》しそうな表情をしていることに安堵《あんど》した光太夫は、庄蔵に近づき、

「足の具合はどうだね」

と、声をかけた。

「あれです」

庄蔵は、寝台の端に立てかけられたものに眼をむけた。

ヤクーツクでその器具を足につけて歩いている者を何度か見た光太夫は、それが義足であるのを知っていた。上方を腿《もも》にはめられるように革でつくられ、その下方に太い摺子木《すりこぎ》のような棒がのびている。

「歩く稽古《けいこ》をするようにと言われていますが、厠《かわや》に行く時に足につけるだけです」

庄蔵は、照れ臭そうな眼をして言った。

硝子《ガラス》窓には、明るい陽光が輝やいている。

「足の痛みはないのか」

光太夫は、気がかりになってたずねた。

「少しも……。可笑《おか》しなことに、切られている足の先がかゆいことがあるのです。足先はないのに……。それで、切られた部分をかくと、かゆみがとまるのです」

庄蔵は、かすかに笑った。

光太夫は、水主たちのこと、町の賑《にぎ》わいなどについて語った。庄蔵は、興味深そうな眼をしてきいていた。

「帰国願いの返事は、まだですか」

庄蔵が、光太夫に視線をむけた。

まだだ、と光太夫は答え、必ず良い返事がくるだろう、と言った。

「私も連れ帰って下さいよ」

「当り前だ」

光太夫は笑って答え、またくる、と言って病室の外に出た。

（下巻へつづく）

吉村昭著
戦艦武蔵

帝国海軍の夢と野望を賭けた不沈の巨艦「武蔵」――その極秘の建造から壮絶な終焉まで、壮大なドラマの全貌を描いた記録文学の力作。

吉村昭著
星への旅
太宰治賞受賞

少年達の無動機の集団自殺を冷徹かつ即物的に描き詩的美にまで昇華させた表題作。ロマンチシズムと現実との出会いに結実した6編。

吉村昭著
高熱隧道

トンネル貫通の情熱に憑かれた男たちの執念と、予測もつかぬ大自然の猛威との対決――綿密な取材と調査による黒三ダム建設秘史。

吉村昭著
冬の鷹

「解体新書」をめぐって、世間の名声を博す杉田玄白とは対照的に、終始地道な訳業に専心、孤高の晩年を貫いた前野良沢の姿を描く。

吉村昭著
零式戦闘機

空の作戦に革命をもたらした〝ゼロ戦〟――その秘密裡の完成、輝かしい武勲、敗亡の運命を、空の男たちの奮闘と哀歓のうちに描く。

吉村昭著
陸奥爆沈

昭和十八年六月、戦艦「陸奥」は突然の大音響と共に、海底に沈んだ。堅牢な軍艦の内部にうごめく人間たちのドラマを掘り起す長編。

吉村昭著
漂流

水もわかず、生活の手段とてない絶海の火山島に漂着後十二年、ついに生還した海の男がいた。その壮絶な生きざまを描いた長編小説。

吉村昭著
空白の戦記

闇に葬られた軍艦事故の真相、沖縄決戦の秘話……。正史にのらない戦争記録を発掘し、戦争の陰に生きた人々のドラマを追求する。

吉村昭著
海の史劇

《日本海海戦》の劇的な全貌。七カ月に及ぶ大回航の苦心と、迎え撃つ日本側の態度、海戦の詳細などを克明に描いた空前の記録文学。

吉村昭著
大本営が震えた日

開戦を指令した極秘命令書の敵中紛失、南下輸送船団の隠密作戦。太平洋戦争開戦前夜に大本営を震撼させた恐るべき事件の全容——。

吉村昭著
背中の勲章

太平洋上に張られた哨戒線で捕虜となり、アメリカ本土で転々と抑留生活を送った海の兵士の知られざる生。小説太平洋戦争裏面史。

吉村昭著
羆（くまあらし）嵐

北海道の開拓村を突然恐怖のドン底に陥れた巨大な羆の出現。大正四年の事件を素材に自然の威容の前でなす術のない人間の姿を描く。

吉村昭著　**ポーツマスの旗**

近代日本の分水嶺となった日露戦争とポーツマス講和会議。名利を求めず講和に生命を燃焼させた全権・小村寿太郎の姿に光をあてる。

吉村昭著　**遠い日の戦争**

米兵捕虜を処刑した一中尉の、戦後の暗く怯えに満ちた逃亡の日々――。戦争犯罪とは何かを問い、敗戦日本の歪みを抉る力作長編。

吉村昭著　**光る壁画**

胃潰瘍や早期癌の発見に威力を発揮する胃カメラ――戦後まもない日本で世界に先駆け、その研究、開発にかけた男たちの情熱。

吉村昭著　**破船**

嵐の夜、浜で火を焚いて沖行く船をおびき寄せ、坐礁した船から積荷を奪う――サバイバルのための苛酷な風習が招いた海辺の悲劇！

吉村昭著　**破獄**　読売文学賞受賞

犯罪史上未曾有の四度の脱獄を敢行した無期刑囚佐久間清太郎。その超人的な手口と、あくなき執念を追跡した著者渾身の力作長編。

吉村昭著　**雪の花**

江戸末期、天然痘の大流行をおさえるべく、異国から伝わったばかりの種痘を広めようと苦闘した福井の町医・笠原良策の感動の生涯。

吉村昭著
脱　出
昭和20年夏、敗戦へと雪崩れおちる日本の、辺境ともいうべき地に生きる人々の生き様を通して、〈昭和〉の転換点を見つめた作品集。

吉村昭著
長英逃亡（上・下）
幕府の鎖国政策を批判して終身禁固となった当代一の蘭学者・高野長英は獄舎に放火させて脱獄。六年半にわたって全国を逃げのびる。

吉村昭著
冷い夏、熱い夏
毎日芸術賞受賞
肺癌に侵され激痛との格闘のすえに逝った弟。強い信念のもとに癌であることを隠し通し、ゆるぎない眼で死をみつめた感動の長編小説。

吉村昭著
仮釈放
浮気をした妻と相手の母親を殺して無期刑に処せられた男が、16年後に仮釈放された。彼は与えられた自由を享受することができるか？

吉村昭著
ふぉん・しいほるとの娘（上・下）
吉川英治文学賞受賞
幕末の日本に最新の西洋医学を伝え神のごとく敬われたシーボルトと遊女・其扇の間に生まれたお稲の、波瀾の生涯を描く歴史大作。

吉村昭著
桜田門外ノ変（上・下）
幕政改革から倒幕へ――。尊王攘夷運動の一大転機となった井伊大老暗殺事件を、水戸薩摩両藩十八人の襲撃者の側から描く歴史大作。

吉村昭著 島抜け

種子島に流された大坂の講釈師瑞龍は、流人仲間と脱島を決行。漂流の末、流れついた先は何と中国だった……。表題作ほか二編収録。

吉村昭著 天に遊ぶ

日常生活の劇的な一瞬を切り取ることで、言葉には出来ない微妙な人間心理を浮き彫りにしてゆく、まさに名人芸の掌編小説21編。

吉村昭著 敵（かたきうち）討

江戸時代に美風として賞賛された敵討は、明治に入り一転して殺人罪に……時代の流れに抗しながら意志を貫く人びとの心情を描く。

城山三郎著 落日燃ゆ
毎日出版文化賞・吉川英治文学賞受賞

戦争防止に努めながら、A級戦犯として処刑された只一人の文官、元総理広田弘毅の生涯を、激動の昭和史と重ねつつ克明にたどる。

城山三郎著 秀吉と武吉
目を上げれば海

瀬戸内海の海賊総大将・村上武吉は、豊臣秀吉の天下統一から己れの集団を守るためいかに戦ったか。転換期の指導者像を問う長編。

城山三郎著 冬の派閥

幕末尾張藩の勤王・佐幕の対立が生み出した血の粛清劇〈青松葉事件〉をとおし、転換期における指導者のありかたを問う歴史長編。

海音寺潮五郎著

西郷と大久保

熱情至誠の人、西郷と冷徹智略の人、大久保。私心を滅して維新の大業を成しとげ、征韓論で対立して袂をわかつ二英傑の友情と確執。

海音寺潮五郎著

江戸開城

西郷と勝の両千両役者が対峙した二日間。幕末動乱の頂点で実現した史上最高の名場面、奇跡の江戸無血開城とその舞台裏を描く。

子母沢　寛著

勝　海　舟（一～六）

新日本生誕のために身命を捧げた維新の若き志士達の中で、幕府と新政府に仕えながら卓抜した時代洞察で活躍した海舟の生涯を描く。

新田次郎著

八甲田山死の彷徨

全行程を踏破した弘前三十一聯隊と、一九九名の死者を出した青森五聯隊——日露戦争前夜、厳寒の八甲田山中での自然と人間の闘い。

新田次郎著

アラスカ物語

十五歳で日本を脱出、アラスカにわたり、エスキモーの女性と結婚。飢餓から一族を救出して救世主と仰がれたフランク安田の生涯。

有吉佐和子著

華岡青洲の妻

女流文学賞受賞

世界最初の麻酔による外科手術——人体実験に進んで身を捧げる嫁姑のすさまじい愛の葛藤……江戸時代の世界的外科医の生涯を描く。

大《だい》黒《こく》屋《や》光《こう》太《だ》夫《ゆう》（上）

新潮文庫　よ-5-47

平成十七年六月一日発行
令和六年三月十日五刷

著者　吉《よし》村《むら》昭《あきら》

発行者　佐藤隆信

発行所　株式会社新潮社

郵便番号　一六二—八七一一
東京都新宿区矢来町七一
電話　編集部(〇三)三二六六—五四四〇
　　　読者係(〇三)三二六六—五一一一
https://www.shinchosha.co.jp

価格はカバーに表示してあります。

乱丁・落丁本は、ご面倒ですが小社読者係宛ご送付ください。送料小社負担にてお取替えいたします。

印刷・錦明印刷株式会社　製本・錦明印刷株式会社

ISBN978-4-10-111747-8 C0193